中国船，从南湖启航

朱增泉 ◎ 著

中国言实出版社

图书在版编目(CIP)数据

中国船，从南湖启航 / 朱增泉著 . -- 北京 : 中国
言实出版社, 2021.1
ISBN 978-7-5171-3660-6

Ⅰ. ①中… Ⅱ. ①朱… Ⅲ. ①诗集 – 中国 – 当代
Ⅳ. ①I227

中国版本图书馆 CIP 数据核字（2020）第 268635 号

出 版 人　王昕朋
责任编辑　肖　彭
责任校对　张国旗

出版发行　中国言实出版社
　　　　　地　　址：北京市朝阳区北苑路 180 号加利大厦 5 号楼 105 室
　　　　　邮　　编：100101
　　　　　编辑部：北京市海淀区花园路 6 号院 B 座 6 层
　　　　　邮　　编：100088
　　　　　电　　话：64924853（总编室）　64924716（发行部）
　　　　　网　　址：www.zgyscbs.cn
　　　　　E-mail：zgyscbs@263.net
经　　销　新华书店
印　　刷　徐州绪权印刷有限公司
版　　次　2021 年 1 月第 1 版　　2021 年 1 月第 1 次印刷
规　　格　710 毫米 ×1000 毫米　1/16　21.5 印张
字　　数　344 千字
定　　价　89.00 元　　ISBN 978-7-5171-3660-6

朱增泉，中将，中国作家协会会员。1939 年 12 月
18 日出生，江苏无锡人。1959 年 1 月入伍。从士兵到
将军，经历了 50 余年军旅生涯。担任过 27 集团军政

总装备部副政委等职。长期坚持业余写作，先后由人民文学出版社、作家出版社、文化艺术出版社等出版诗集、散文随笔集、《战争史笔记》（五卷）、书法集等40余种。曾获"八一"文艺奖、中国诗人奖、首届郭沫若散文随笔奖，诗集《地球是一只泪眼》获第二届鲁迅文学奖。诗歌、散文入选几十种选本。

目录

红色岁月　红色历程　红色史诗　红色经典

第五辑　中国在崛起

第六辑　地球是一只泪眼

被铁骑踏响的那条冰河
夜夜在我梦里
激越奔腾

第一辑

中国的底色

中国协和医

北京猿人头盖骨

突起的眉骨下
从史前
投来两束目光

为了我们今天的相会
他从七十万年前赶来
开始是匍匐
随后
直立行走

他走得好苦啊
脚底长满老茧
之后
渐渐磨损
一路上磨掉了双脚和胫骨
最后
一直磨损至下腭
只剩下这具头盖骨

他如此坚忍
走了七十万年长路
才获得了一半做人的资格
另一半仍是猿

哦！
那两束史前投来的目光
永远注视着前方
路，永无尽头的路啊⋯⋯

1996 年 10 月

山顶洞

那时家庭尚未诞生
出现国家和首都更是后来的事情
北京猿人在此穴居
在山洞里孕育华夏文明
远古滚地的雷击，咆哮的山洪
追扑而来的猛兽
洪荒时代的风
洞中厚厚的灰烬堆积层
表明猿进化为人
经过了火的炼狱

对安全和温暖有了朦胧向往
从山顶洞到窑洞是直接的过渡形式
后来才有了茅屋、竹楼和瓦房
今日都市中林立的摩天大厦
是山顶洞的高级阶段
人类为了安身立命，解决居住问题
已经忙碌了几十万年

猿人那双毛茸茸的大手
曾抓起这些粗粝的旧石器
飞跑进雨后泥泞、闷热、毒虫肆虐的树林
赤身露体去围杀一头豪猪或一只洞熊
有时是去追击一只长着奇怪大角的古鹿

有时反被野兽咬伤，逃进洞来
身后滴下一路鲜红的血滴

那堆灰烬里曾升起过焰焰火苗
映照着一群撕食兽肉的先祖的面容
且莫嫌弃祖先的丑陋和肮脏
记住遥远先祖
不致因追赶时髦而变得浅薄轻狂

人类的进化多么不易
现代大都市近旁有这么一处猿人遗址
对官员对百姓都是一种福分
便于了解官员与百姓同属一个祖先
便于达成一个共识
人类的一切努力
都是为了使人更像人

有了山顶洞，有了北京猿人头盖骨
有了燕山和长城
人类的文明史在这里显得格外完整
北京
是一座世界历史文化名城

1996 年 10 月

匽侯墓

　　题记：北京南郊琉璃河附近的董家林、黄土坡一带，地下有古燕都遗址。古代"匽"与"燕"通，"匽侯"即"燕侯"，出土地点建有博物馆。

墓坑内，那个殉葬的小奴隶
还在那辆驷马战车旁昏睡
他鞍前马后累极了，不要惊醒他
让他好好睡吧
匽侯本人已睡成朦胧的历史之雾
他开拓疆域的梦境
已萦绕成这些青铜器上的精美纹饰
已和这里的泥土黏结得难以剥离
已和这些剑戟和箭镞锈蚀在一起
成为铜绿斑驳的
燕国历史

燕太子丹派出的荆轲
在易水边悲壮一别，再没有回来
荆轲刺秦王，为漫长的中国史
增添了一段慷慨悲歌、惊心动魄的
生动情节

万幸，秦王一闪
挥剑挑开了荆轲那把染毒的匕首
于是中国归为一统

于是这片古老而辽阔的土地
才有传至今日的大境界、大气派
燕人的峻峭
大秦的豪迈和壮阔
中国才有如此匹配的首都和疆域

1996 年 10 月

驼群

黄沙白草间
有闲散驼群
一群沦落荒漠的远古遗民
肃穆
忧郁

骆驼们
苍老的面容都已变得慈祥
眼神蓄满情感
怒气和刚烈都已浓缩成思想

血统里有过崛起的辉煌
折断过脊梁
不屈地站立起来
站立成山脉起伏的模样
于是
它们将历史驮在背上
让风暴和岁月证实生命耐力

当风沙怒号来临
骆驼们毛茸茸的脸上
挂着浑浊的泪滴
先祖的骑阵已随风暴疾驰而过
它们昂起头

跟着走

走进风暴

这是驼群永恒的志向

1993 年 9 月 2 日

2020 年 11 月 19 日修改

黄河源头

黄河源头
那轮血红的落日
曾是挂在中华民族心头的
一滴苦血
被衰败太久的岁月
浓缩得太咸，太涩
令历代诗人
都面对她唏嘘落泪

2020 年 11 月 19 日据旧作改写

11

壶口

滔滔不绝
黄河在此口述身世

黄河
惯于将混浊的泪水咽进肚子里
坦坦荡荡过日子
一路上，她的心态都是平静的

到了壶口，她却抑制不住
要把一肚子的喜怒哀乐全都倒出来
她经历的世事堆成了黄土高原
她经历的苦难流成了黄海
讲起桩桩件件伤心事
她在此号啕大哭啊

她满脸皱纹，眯缝着双眼
在此滔滔不绝地讲述
这条河为何这样黄、这样浑
从前为何常常决口
如今为何常常断流
她一声声感慨，一声声哀叹
水多也难，水少也难
难，难，难

黄河的口述比史书更翔实

点点滴滴

全都飞溅在壶口瀑布混浊的浪花里

我在此倾听她

讲述曲曲弯弯的经历

诉说滔滔滚滚的心事

她千叮咛万嘱咐

要子孙们好好为中国干成几件大事

飞瀑声声里

我的热血如壶口瀑布

在心中决堤……

　　　　　2003 年 3 月初稿

　　　　　2005 年 11 月修改

壶
口

南方炮台

一

世纪又将更替
南方沿海的古老炮台
依然面对着浩瀚大海
等候新世纪的曙光
将未来照得辉煌

这些古老炮台，是近代中国
耻辱与觉醒的双重标记
虎门海面一声炮响
给中国送来了西方消息
林则徐最先知道
古老中国，到了最危险的时刻
中国国歌的第一个音符
来自南方炮台

1840 年的怒射
无法击沉西洋驶来的钢铁炮舰
却将身后的故国击中
将清王朝的尊严击得粉碎
林则徐和关天培两员大将
奋力守卫着海岸炮台
而大清国却已魂飞梦碎

前线将士的失败
是因为顶不住西洋炮舰和
昏庸朝廷的
前后夹击啊

关天培随陷落的炮台殉国
在生命的最后一刻
他终于明白
国家的积疾沉疴
才是导致他惨败的
真正大敌

横陈在荒凉炮台上的铁铸古炮
粗糙、简陋，锈蚀得面目全非
它们残存到今天
向后人作证
19 世纪的中国，被自己的封闭
与落后
彻底击溃

二

南方炮台的悲愤炮声
永远是中国军人刻骨铭心的
第一篇训词
近代中国
军事史的第一行就写着
这些古老炮台与西洋炮舰的激烈交战
而这些古老炮台

却在激烈交战中纷纷沦陷

阅读这些交战记录

中国军人之血

一次次沸腾起来

旧世纪衰弱的中国军魂

被炮声惊醒

高唱着嘹亮军歌的中国军人

跨过先辈的屈辱

背负起民族的希望

冒着敌人的炮火

前进

军歌的第一个音符

先于国歌

来自南方炮台

三

厦门胡里山炮台

至今架着一门古代火炮

高昂的炮身如一根巨大的手指

指向远海

这是一种昭示，一种提醒

南方炮台在陷落的一瞬

顿时醒悟

中国的命运

从此将同汹涌的大海祸福相关

我从照片上看见

一位脱下戎装的年迈军人
前来凭吊古老炮台
他让海风吹拂白发
硝烟弥漫过他的一生
凝结在胸前勋章里的荣光属于祖国
他用一名老军人深不可测的眼神
望着远海

想起古炮台的沧桑
就想起军人的使命
他在倾听
惊涛拍岸，一浪接一浪涌来
他在眺望中国未来

哦，年轻的中国军人
在你学会使用全新概念的高技术兵器
向来敌闪电般反击之前
请先从这些古老的炮台里
阅读民族的衰落，蒙难，觉醒
和崛起

请面对这些古老炮台感受崇高和神圣
将生命注册进这片土地
以中国军人的名义
跨进新的世纪

1998 年 4 月 19 日

边陲

边陲辽阔，行旅倥偬

裸岩，疏林

锈红色的秋草

白骨似的卵石

心绪荒凉

古尔班通古特沙漠边缘

奔跑的黄羊如古战马幽灵般出没

一缕黄尘孤魂般旋起

看草尖仰天长啸

想起狼烟——边报如飞

想起噶尔丹——骄横的准噶尔部落首领

每当我打开史书

亲征的天子都在返京途中

而战亡将士之魂却至今未有归期

游走荒漠，忘了归途

魂兮归去

归乡何处

相随黄尘已久

安魂莫过于此矣

不归了，不归了

2001 年 9 月

荒原

荒原
如此旷远
我因想起那支古歌而怀念历史
琐碎与平庸令人窒息

这是纵马驰骋的原野
史册早已发黄
天穹却仍有隐约回声
蹄声急促而密集
面对荒原我想起厮杀，怀念英雄

天边
山峦横卧连绵
如人马簇拥的营地
山岩色调悲壮
如出征前的一片躁动和纷乱
如激战后古战场一片狼藉

荒原上空每一片浓云都黑如山岩
太轻的云彩都已随风飘走
覆盖这片血灌的荒漠
每一片云彩，也需要足够的重量

2001 年 9 月

铁骑

我从《宋史》里隔墙听见
成吉思汗正拍打着长城蹒跚学步
他一路叩问上苍："门呢？门呢？"

空旷在西
落日在西
血红的火烧云在西
召唤着成吉思汗的灵魂

阿勒泰，僻远而多山
成吉思汗立马高岗，检点营帐
兵马如云，漠风如号
连天的旌旗如残阳下的火焰
他挥师西征
向落日追讨辉煌

他的儿子们策马西驰
去拨打那轮火球般滚动的落日
在高天阔地间打了一场马球
世界被一阵急骤的马蹄声惊呆

蒙古人为世界演完了最后一个节目
成吉思汗乘坐六十四头犍牛拉动的金帐牛车
隆隆驶过阿尔泰山东归

长城是他一把回家的钥匙

蹄声和烟尘都已铸成棕色历史
而人生
一旦血液被激情点燃
便渴望奔驰
被铁骑踏响的那条冰河
夜夜在我梦里
激越奔腾

2001 年 9 月

西域魂

酷热
干渴

远处悄然旋起一柱沙尘
向我舞旋而来
擦身而过
却纹丝无风

一柱又一柱的沙尘向我舞旋而来
一柱又一柱擦身而过
依然纹丝无风

嚯！它们在前方山麓集合
排队，列阵
狂旋不散
冲天直上
黄沙接云

哦！
他们是大汉王朝的精兵强将
为了捍卫这片疆域
壮士之魂
至今不曾还乡……

1995 年 9 月

辽马金兵满人旗

辽、金、清
用铁蹄和兵器敲打江山
敲击出三个响亮音节

辽马金兵满人旗
忘不了熔化在中原化铁炉里的
这三块铁

只可惜
八旗子弟不够争气
西太后败光了大清的家底

2007 年 10 月

一只锈红如血的大铁锚

刘公岛海战博物馆里
有一只北洋水师的大铁锚

在海底凝结的百年老锈
像风干在战尸上的暗红血迹
看它一眼
就想哭

甲午战败
邓世昌捐躯之后
中国
在海上沉没

几代中国人
将沉没到底的祖国
连同这只锈红如血的大铁锚
苦苦打捞

苦待百年，终见天日
祖国啊
记住这锈红如血的耻辱
到海上
去搏击风浪

2002 年 12 月

关中吟草

黄河，秦岭，帝王坟
八百里秦川，遍地是遗梦

道道关隘，无数次扼守命运
凯旋或者陷落，都很壮阔

黄河以母性的臂弯护卫着关中
伟岸的秦岭父亲般守望着关中

华夏第一轮日出
晨曦照耀着这片山河

踏进关中，可访半坡村，可谒黄帝陵
可寻周武王建都地点，可问周公东征年月

看先人石器、陶罐，以及土层下的墓穴和村落
悠悠华夏，源出关中

观轩辕手植巨柏，叹巨人足迹
岳峨河浩，赫赫先祖

枕河而富庶，据险而形胜
王关中者，可揽华夏于一统

关中奔出的如雷马蹄
一路踩出一部辉煌《史记》

周秦汉唐
都于关中

秦国大军面向东方，在骊山久久站立
站立了两千多年无一人稍息，军纪如铁

伟哉，成大事者气象若此
此乃大秦气派

走进关中，如走进中国老宅
走近老辈的荣华和倾轧

咸阳匕首鸿门宴，惊心动魄
长安歌舞灞桥诗，似醉如梦

关中为历史留下了往昔辉煌
历史在关中经受了许多次惊吓

秦朝的兵马都已站成陶俑
阿房宫的大火仍在史书中燃烧

秦皇战车上的斑驳铜锈，比文字深刻
秦兵俑们的脸部表情，镇定得无法破译

秦兵马俑引来天下游客
看古中国恢宏气派

大秦帝国，崛起和灭亡如此迅速
黄河在壶口遥望关中，发亘古浩叹

海外游子，寻根必至关中
祭轩辕，看秦俑，伏地叩首，挥泪而去

揣一把故国黄土浪迹天涯
魂系华夏，祖称炎黄

刘邦脚穿草鞋，从大泽走进关中
一曲《大风歌》只有三句歌词，唱成千古绝响

泗水亭长的过人处
是与关中父老约法三章

得民心者得天下
刘邦也

西楚霸王在乌江拔剑长啸，引颈处
用剑刀抹平了那道鸿沟，结束了汉楚相争

古中国避免了一次分裂
项羽以他自己的方式，承认了刘邦

一颗烈性头颅
照亮了一位女子，成全了一个帝国

关中造就了秦皇汉武
也为失败的项羽，造就了另一种巨人气魄

关中不肯成就前来行刺的荆轲

只因靠一把匕首终究打不成天下

踏进关中

饱览古代战争风云

访关中，念秦汉间名将如云

任点一将，均可统兵百万，威加海内

蒙恬守朔方，秦之锐也

霍去病跨贺兰、越祁连，汉之威也

盛唐长安

是中国史书中的精彩华章、经典名句

唐太宗和唐玄宗开辟了大唐盛世

遗憾莫大于大唐衰败始于安史之乱

李白与杜甫均在长安落魄

他俩以大唐的名义，为世界留下不朽诗篇

大时代必有大追求、大精神、大气魄

唐玄奘西去取经，九死一生，坚忍不拔

大唐以盛世胸怀

吸纳异域文明，伟哉

关中走出过两位献身的女子

王昭君远嫁漠北，文成公主去了西藏高原

她俩以自己的美丽、青春和灵肉
为华夏之邦和合万方，艳丽花朵永不凋谢

大女子武则天曾在关中坐过一轮天下
表明她比较能干，妩媚竟也成就霸业

杨贵妃误国，是因唐玄宗好色
贵妃醉酒，却醉成绝妙艺术

霍去病墓前的石雕、乾陵道旁的石像
山河间存大气者，关中也

大唐之后，帝王们去别处建都
关中留下陵墓、故事和遗韵，千年冷落

关中的历史遗产是统一和强大
繁荣昌盛也是关中创造过的辉煌

古时丝绸之路出关中
商旅络绎，驼铃叮咚，长安街市熙熙攘攘

关中有秦汉之大气，有大唐之盛名
今日振兴中西部，首看关中

　　　　1997 年 5 月 31 日

沙地云杉

生命和信念全在根部
树根比树干还粗，还长
向远处伸展，伸展
抓住一把极易流失的沙土
手背暴出一条条青筋
指尖已深深插进地下
沙地也是生养的故土啊
以拔山之力
紧紧抓住这把沙土
至死不松
忠贞不渝

树干上
是猎猎飘扬的旗
是浑身披挂的铁甲
是缨
是烈马长鬃
是铁盔下热血涨红的脸
是声震远山的一阵阵低吼

为了守住这方疆土
当沙漠风暴袭来
挺直
迎风搏杀
拼死沙场

2005 年 3 月

一条船
泊在嘉兴南湖
汇集了十三名勇敢的水手
决定运载悠悠下沉的中国
在风雨中启航
驶向远方

第二辑

中国船，从南湖启航

中国船

一条船
泊在嘉兴南湖
汇集了十三名勇敢的水手
决定运载悠悠下沉的中国
在风雨中启航
驶向远方

中国船，选择七月一日
作为起锚的日子
我沉睡千年的故国哟
睡梦中，听见锚链响动
开始苏醒，想翻一个身
船，晃动起来……

中国的命运历来同船有关
自从郑和的船队浩荡出海驶往西洋
为朝廷卖完了瓷器、丝绸和香料
自从邓世昌的"致远号"弹药耗尽
悲壮沉没
自从西太后将营造战舰的白银
铸成了一艘无法航行的石舫
搁浅在颐和园的昆明湖里
中国船
再没有勇气和力量
出海

船，渴望航行啊……

哦！中国船
从嘉兴南湖重新起锚时刻
龙骨犹在
船帮漏水
苦难超载

驾驭她，须
风雨同舟
扬帆
操舵
堵漏
舀水
航程遥远
风浪险恶
很难
很难

水手们齐声高唱英特纳雄耐尔船夫曲
在黎明前的夜暗里
毅然撑篙离岸
驶向黎明
驶向艰难

航行途中，毛泽东和他的同伴
曾将中国船停泊在延河里
召集追随而来众水手上岸列队操练
毛泽东走出窑洞对冼星海说：
教大家唱一首《黄河大合唱》吧
齐心协力去闯大江大海

哦！中国船
驶过了七十年急流险滩
英勇的水手
将一路劳顿一路历险
都写进了那本红色封面的航行日志

为了更壮阔的远航
他们重新站上甲板庄严队列
衷心感谢浩渺汹涌的
载舟之水

哦！中国船
今天仍在远航途中，彼岸
还很远、很远
这不是最后的航程
切记
倾覆或沉没
都是发生在航行途中的事情
世上没有一条船会一帆风顺

老练的水手
是在风急浪高中显示非凡的智慧
操稳舵，顺应水势
让船员为之振奋
风雨同舟，去穿越漫长寂寞的夜航
在海上
见到一轮新的辉煌日出

　　　　　1991 年 3 月 28 日夜
　　　　　1991 年 4 月 25 日修改

七月的回忆

红星。
用赤诚点燃的那颗火苗
在前额闪耀，如生命在燃烧
用生命照亮希望
用希望燃烧生命
那岁月，你还记得吗？

草鞋。
将穷根长出的山茅草
在门口麻石上一遍遍捶打
如一遍遍锻打远行的意志
将苦难搓成长长的绳
如漫漫长路在脚下缠绕
油灯下匆匆编织粗糙离情
鸡啼时跪别双亲毅然上路
那岁月，你还记得吗？

长枪。
将深仇大恨压进枪膛
扣住扳机扣住决死的斗志
将实在的命运和朦胧的憧憬
沉甸甸扛在肩头行军
挂了花用热血将枪管擦得锃亮
那岁月，你还记得吗？

党旗。
锤子和镰刀交叉在一起
工人和农民是兄弟
旗面鲜红
那是奴隶和牛马的血流在一起啊
旗面如火
你投身熔炉冶炼自己再造自己
如豆灯光下，你面对土墙上的
那面如血如火的旗帜
高举拳头宣誓：你不再属于自己
跟定那面旗帜走，你不是为自己
那岁月，你还记得吗?

啊!
红星、草鞋和长枪
武装了一代人
一代人跟着那面旗帜走
这一切都还记得，都还记得
无尽回忆……

红星回忆成不灭的火种
草鞋回忆成前方
依然曲折依然坎坷的长路
长枪回忆成传代的沉重啊
党旗回忆成火，回忆成血
回忆成明天又一轮
鲜红的旭日

1991 年 3 月 29 日夜

赏雪

噢！每一片飞雪
都悬着一个精灵
为了征服土地又拯救土地
实施大规模空降
悄然无声
不事喧哗

雪的伟力
在于慢慢堆积

毛泽东站在阴沉的天空下
面对北方莽莽飞雪的旷野
背手远望
当他吟出万里雪飘的诗句时
一定领悟了雪的睿智
激赏着雪的雄韬大略

1990 年 2 月 18 日

西柏坡的土屋

平山，西柏坡
一片低矮错落的土屋
祖祖辈辈庄稼人住的院落

平山山不平
峰回路转，晨雾迷蒙
毛泽东骑着毛驴，带领一支人马
沿着山川里那条曲折西来的土路
从陕北走来
投宿在这里的一间间土屋

住在这样的土屋里
每一步踩下去都是实实在在的泥土
每一次呼吸都是浓郁的泥土气息
心里、脚下，都很踏实

毛泽东站在门口向外望去
泥土的颜色是西柏坡村的本色
同延安一样，质朴、和谐

下地归来的老汉
坐在门外的碾盘上同他唠嗑
碾盘旁，一棵枣树的影子很动人
毛泽东和老汉的笑声很动人

他们谈话的主题
总也离不开这片土地
老汉说："俺从土里收获粮食，
也收获庄稼人的真理。"
毛泽东笑答："我的胃口比你大，
我要从土里收获一个天下，
你看中不？"
老汉正跟他对火吸烟
忙说："咋不中？中哩！中哩！"

夜里，屋外的土场上
喧腾着山里的锣鼓、秧歌
围着一堆熊熊燃烧的
从泥里土里冒起来的
篝火

1990 年 6 月

卢沟桥

"七七事变"的炮声已经遥远
卢沟桥上的两排石狮
仍在扭头回望历史

将卢沟改名为"永定河"
是康熙大帝的钦定
它曾是一条充满忧患的河
原先的名字叫"无定河"

深秋
我重访卢沟桥
想起了那次事变
想起了那八年的深重灾难

卢沟桥下的河水已经干涸
一轮晓月，在干河上空徘徊
正在寻找她丢失在桥下的那面镜子

　　　　　1996 年 10 月

松花江，一条立过大功的江

"九一八"
松花江到处流浪
日夜悲呼，日夜哀唱
黄河和太行山一起燃烧
中国大地上燃起熊熊抗日烈火

松花江
以东北大豆和高粱的名义
指挥延安和西安合唱
全民族发出最后的吼声：大刀
向鬼子们的头上砍去！

松花江
是一条立过大功的江

2007 年 10 月

鬼子

题记：这是两位老人向我讲述的两个真实故事，前者发生在江苏，后者发生在浙江。

一

他惴惴地赶路
在鬼子的刺刀下过的这叫什么日子
他害怕拐角处突然射出一颗子弹
一拐弯，偏偏撞进一个鬼子怀里
"哦！"他吓得举手遮住额头
鬼子以为这人向他敬礼
"啪"地立正，举手向他还礼

他的心狂跳，快逃
"唷唏！"鬼子忽然转过身来大叫
他发觉自己上当了
这使他很丢面子

他怕鬼子扣响扳机
站住，转过身去
学着鬼子刚才的动作
毕恭毕敬，向鬼子举手敬礼
鬼子"啪"地给他一个耳光，转身走了
他眼泪汪汪，捂着脸，也转身走了

"唷唏！"鬼子又突然转过身来
他觉得此人竟敢学他的动作向他敬礼
这是拿他讥笑，大大的刁民啊
鬼子气歪了嘴，端着刺刀向他走来

"妈的！这是中国！"
他心里一狠，满脸杀气
狂跳的心反而不再狂跳
挺起胸膛向鬼子走了过去
"嘻嘻！"鬼子对他这一招万万没有料到
反而向他哈腰赔笑，往后缩了……

二

鬼子天天把小镇搅得鸡飞狗跳
轮奸了一个女人又用刺刀把她挑了

他提着竹篓，低着头在田埂上默默地走
"什么的干活？"
鬼子的刺刀尖已逼到了他胸口
他端起竹篓让鬼子看，他在钓黄鳝
一条条黄鳝在竹篓里扭作一团
鬼子有些好奇："唷唏！"

他示意让鬼子跟他走，他要钓给鬼子看
"嗯？"鬼子将信将疑
他钓了一条又一条
"唷唏！"鬼子的手发痒了
他笑着向鬼子示意："你来试试？"

"嘻嘻！"鬼子上钩了

鬼子低下头，弯下腰
把钓钩伸进一个黑魆魆的洞里
"唷唏！"黄鳝上钩了
鬼子正高兴得发狂
他从腰里拔出尖刀，轻轻一抹
鬼子一头栽倒在田埂边死了
他擦了擦手
提起竹篓走了

2005 年 6 月

寻找枪声

我进入索伦河谷
寻找枪声

十多年前，索伦河谷传出一声枪响
不是突然爆发战争
是有人以枪声为题写了一篇小说
一举成名
小说里写的是我们这支军队
正在经历着闻不到硝烟的
和平

而索伦，经历过真正的战争
我进入索伦河谷，寻找枪声

在索伦，我先去看了苏联红军烈士墓
每一块墓碑上都有一颗红星
这使我想起那个风起云涌的时代
想起二次大战，想起中国的艰难抗日
那时德国法西斯已被打败
为了歼灭日本关东军
斯大林向华西列夫斯基元帅下达命令
"从这里"，他用红铅笔在作战地图上一画
说："翻越兴安岭，向关东军突击！"
后贝加尔方面军的

这些英勇善战的苏联红军士兵
翻山越岭，顺着这条河谷直插索伦
激战中，他们献出了生命
让走出战争苦难的人们去欢呼胜利吧
他们留了下来，长眠在索伦

而在另一处公路边
我下车看了几个日本关东军留下的
钢筋混凝土构筑的破残飞机库
全都张着半圆形大口
像一个个阴森可怖的魔窟
快要翻过兴安岭山脊时
又在隧道口看到一个日军留下的碉堡
样子怪得像魔鬼
上下左右重叠交错全是射击孔
这是一种绝妙的心理写照
证明侵略者陷入了四面楚歌

兴安岭的森林里
随处可见一个又一个半人高的粗大树桩
都像人一样站着
当地人告诉我，这是日寇侵占东北期间
大肆掠夺中国森林资源的罪证
这些树桩坚决不肯烂掉
决心顽强地站立下去，要为往事作证

哦，索伦
枪声在耳，你使我想起了战争

1997 年 12 月 13 日

黄河怒涛

抗日烽火中
中国人的热血
暴涨成黄河怒涛
一曲《黄河大合唱》如万民泣血

热血洒遍每一寸国土
最终染成一面鲜红的国旗
国旗上五颗杏黄色星星
那是黄河的胎记

2005 年 6 月
2020 年 11 月 19 日改

黄河冰凌过如兵

天色微明
黄河河面上光斑闪烁
一支大军排山倒海而来
其声低沉
其势惊心动魄

那是一辆辆战车相碰相撞的声响
那是一队队辎重车轮陷进冰窟的声响
千军万马，刀枪剑戟，相劈相杀，昏天黑地
战马嘶鸣，疾驰如泻

溃逃者人仰马翻
兵败如水
追击者前仆后继
势不可当
黄河冰凌，兵也！

2000 年 4 月

铁流滚滚

解放战争炮声隆隆

血战辽沈

东北战场卷起带雪的旋风

林彪说

仗打到这个份上已经无密可保，入关！

铁流滚滚涌进山海关

南下

南下

四野就这么三下五除二

打下平津

打过长江

打到海南

一野、二野、三野、四野

四支铁骑如滚滚铁流

排山倒海，摧枯拉朽

彻底打败了蒋家王朝

解放了全中国

        2007 年 10 月

        2020 年 11 月 22 日改

对手之间

毛泽东魁伟、洒脱
蒋介石瘦削、冷酷
在同一出大戏里生死角逐
世事成败论英雄
两位对手
大起大落中，对母亲，对儿子
对故国的悠悠情丝
同样难割难舍

毕竟是同一个民族的血统
湘潭和奉化出了两位孝子
剧情达到高潮时
俩人各自回首
望穿一路风云，一路跌宕起伏
一直望到人生之路的源头
俩人同时望见了各自母亲的
那座坟墓

蒋介石丢失了江山
阴雨绵绵中长跪在母亲墓前
香炉里那几缕青烟飘飘绕绕，似断似续
他一拜，再拜，三拜，久久不肯起来
此次一别东渡，风恶浪高，难有归期
母亲的孤魂，会在月黑雨夜向海哭泣吗

毛泽东坐稳了天下
阳光明媚时节，回韶山去
山坡上的野花野草迎风俯仰如歌如舞
他弯腰为母亲的坟头掬一把土
深深鞠了一个躬
湘竹枝枝有泪痕，亲人都成英魂
万里长征路漫漫，踏遍青山
一别三十二年来归，为儿已缚苍龙
母亲望儿的泪眼，此刻正在含笑看他

两人都钟爱自己的长子
都曾把儿子送去过俄罗斯的土地
去啃那里的面包，吃土豆蘸盐
从那儿看天空的风云变幻

蒋介石兵败长江，催儿子下船：
"走吧，我是回不来了，而你……"
他有些说不下去，回头去哄哭闹的孙子
毛泽东得胜进京，他微笑着对儿子说：
"好吧，等我忙完了开国大典，
就为你操办婚事。"
每当他面对儿子，便会怅然想起
当年出门抛下的开慧……

中国只有一个，人物却有两位
一位进京，一位下海
他俩在重庆握别时，都曾说过："再会。"
不料从此诀别，再未相会

后来，他俩隔海对月
同发一声感慨："啊！中国
须何日，方可一统江山？"

1990 年 8 月 2 日

美庐

削发，蓄有淡淡的唇须
一袭月白色竹布长衫
斯文地拄着手杖
打扮成高山流水
和她美国式的挽臂姿势，配成绝对

黄昏闷热，随意走走吧
等待傍晚的江风，想起江山
每一次手杖触地，都叩响一个杀机
她发现他总是走神
他发现她目光中有些吃惊
互相一愣

他通常不笑
此刻艰涩地对她微微一笑
对于当前的时局，您不必过虑，他说
继续漫步，他提起美国，她已会意
这是她唯一能飞翔的领域

太阳快要下山，转身，走回美庐
这是他俩最后一次上庐山避暑
他在想，其实女人应该是一只温顺的猫咪
被男人抱在怀里
她在想，既然有勇气挽住一位独裁者

美
庐

已不在乎这些
只是，更难测
自己的纤纤玉臂，能否挽住一座将倒的江山
他俩那次离开了美庐
再也没有回来

2009 年 7 月 15 日

毛泽东进城

题记：从西柏坡进入北京时，毛泽东望见北京那青灰色的、长满了苔藓
和蒿草的城墙，止不住流下两行热泪。

革命起自乡野
终于
进城了

这是伟男儿在落泪
终于
胜利了

他从这里出发
在外奔走了三十年
回来了

这是一位伟人
面对多难的故国
在落泪

国都破败如此
中国之子
落泪了

革命从农村走进城市

走了两万五千里长路

祖国啊

让你久等了

　　　　1999 年 6 月

奠基

题记：开国大典的前一天，1949 年 9 月 30 日，在天安门广场举行了人民英雄纪念碑奠基仪式，纪念自 1840 年至 1949 年为中国革命牺牲的先烈们。

长城
被攻破过
炮台
被轰塌过

北京
被占领过
南京
被屠杀过

圆明园
被焚毁了
致远号
被击沉了

永远攻不破的
是中国人的人心
世上最坚硬的
是灵魂

以这些英灵的名义

为新中国

奠基

奠
基

1999 年 6 月

开国大典

开国大典，举国倾听立国宣言
毛泽东却用湖南话喊出一句响亮的口号
——"人民万岁！"
纯正的湘音，浓浓的乡土气息
老百姓听了很亲切

霹雳一声暴动，红旗漫卷湘赣
革命初起时
共产党是火种
人民是遍地野草燃成燎原烈火
毛泽东心头一热——"人民万岁！"

烟雨莽苍苍，龟蛇锁大江
革命也曾奄奄一息
人民把共产党人抱在怀里
用奶水将息
毛泽东眼含泪光——"人民万岁！"

横扫千军如卷席，追穷寇，有人泣
革命大踏步前进
人民汇成千里铁流
毛泽东心潮逐浪高——"人民万岁！"

心事浩茫连广宇，多少事，从头越

胜利了，掌权了，警惕啊
切莫骑在人民头上拉屎拉尿
面对浩浩荡荡的人流
毛泽东频频挥手——"人民万岁！"

开国大典
天安门广场上山呼海啸
最响亮的就是这句口号——"人民万岁！"
那时候
共产党最讲认真
老百姓心情很好

　　　　　1999 年 9 月

要为人民谋幸福

开国大典，开启了每一个中国人的心扉
每一双眼睛都放飞一个希望
毛泽东在倾听
人民的欢呼声如暴涨的海潮
进京是赶考
现在考题有了——要为人民谋幸福

毛泽东答题答得很认真啊
大题、难题一道接一道
他终于交卷走了
他很想知道
人民给他的评分是多少

邓小平第二个从考场走出来
他说，为人民谋幸福是一道答不完的题
谁想取得高分都不是很容易
评分的标准是人民满意不满意

1999 年 9 月

鸭绿江的风雪之夜

雄赳赳，气昂昂，跨过鸭绿江
这是一首军歌
风雪之夜
志愿军浩浩荡荡，从冰上跨过江去
这是一段血染的岁月
这是一段一想起来就令人激动不已的
和着血、和着泪、和着无数烈士姓名
以及上甘岭和黄继光战斗故事的
深情的
战斗回忆

一晃，这些人都已上了年纪
他们有许许多多往事
遗失在了东北鸭绿江边
遗失在了朝鲜的冰天雪地里

2007 年 10 月

太阳，生命的输血瓶

太阳，生命的输血瓶
在天上吊得很高、很高

晨曦，烈日，夕照
春雨如丝，夏天的雷雹
秋雾迷蒙，草尖上的露珠
冬天的雪
太阳以多彩多姿的输血方式
使生命之血永远流动、鲜活

太阳很红，红得耀眼
生命之血，却不全是红色
酿造美酒的葡萄
流淌紫色的血浆
喂蚕抽丝的桑叶，叶柄上滴下洁白的血滴
每片草叶里挤出的血
都是碧绿的生命本色

哦！阳光有五色
太阳输给生命的血液
是五彩的

认为红色液体才是血
是误解了太阳

误解了生命的活力

假如，太阳对所有生命
统统输给火红的血液
那么，太阳自己
是否会因流血过多
失去血色

有位多难的诗人，黎明前
曾热切地呼唤——
太阳！若火轮飞旋般
向我们滚来
太阳真的来了，他却给自己
呼唤来一场灾难

我对太阳的希望同样热切
希望太阳永远高挂在天上
给遍地的生命
源源输给五彩的血液

　　　　1988 年，立秋

怀念毛泽东（长诗）

一　长城·土地·历史潮

久远的历史天幕上

——黄河浩荡东去

——丝绸之路西出阳关

——万里长城横贯东西

大手笔

三根线条勾勒一幅古代国画

寥寥三笔写尽万古春秋

恢宏

博大

天际走来一支人马

衣衫褴褛，人困马乏

毛泽东憔悴得英气逼人

他登上六盘山顶，向北

瞭望中国历史

苍山如海

史事如海

思绪如海

欲上九天揽月

欲下五洋捉鳖

毛泽东远望长城

一腔忧郁，一腔诗情，一腔豪迈

氛围苍茫
情愫苍茫

长城爬上连绵山脊，守望千年
苦待一个消息：向何方
走出贫困和多难，走出衰败已久的屈辱？

黄河哟，东去的水路走得通吗？
丝绸之路哟，西去的陆路走得通吗？
路
路呢
路啊……

黄河，这条全球河流中泥沙最多的河流
这片苦难土地的母亲河
一心想从泥土中寻找一条出路
以旷古的毅力和耐心
埋头将黄土高原翻耕得泥流滚滚
曲曲折折，向东，向东
从西部高原一直找到东海海底
只找到一座海龙王的龙宫
那是地上的皇宫，投在水下的一个幻影
长城很失望
面对大海
在老龙头发出声声豪叹

西去的丝绸之路，向西，向西
遥远

荒凉

带回的消息很悲观

它告诉长城：西出阳关无故人

沙漠中只有驼铃叮咚

从此，长城生生死死看守这片土地

孤独无言，悠悠长卧，卧成这片土地的

一道通栏标题

长城的每一块城砖

都是一个沉重的方块文字

层层叠叠，绵延万里

堆垒成浩瀚典籍

这片母性的土地注定要有外来雄性之力

为她注入躁动和不安

她痛苦得翻卷成汹涌海域

掀起一次次历史大潮

孕育出一代代英雄豪杰

古中国，北方

征服的欲望骑上如潮的马背

呼啸南下

塞外马蹄踏响冰河

被踏醒的中原腹地旋起秦汉大风

秦王挥鞭

驱赶四方徭役如蚁衔土修筑长城

堆起一道防浪长堤

汉武传檄塞外，一次次封堵决口

守卫长城，守住这道防浪长堤

在浪涛翻卷的历史海域

力图围住一方平静的儒家墨砚

北方的游牧者一旦入主中原饮马墨池

旋即褪尽朔方粗犷

征服土地者最终被土地征服

长城

土地

历史潮

一代代英雄豪杰

搏击沉浮

争夺这片土地

征服这片土地

主宰这片土地

冲突　交融　激荡

历史之海

在北方，推涌起一线高高浪峰

被岁月

凝固成万里城堞

每一个破败城堞都是一个古老琴键

那首历史长歌的

雄浑旋律

仍在风沙中呼啸回旋

万里飘雪

一人独立

中国的贫穷催生雄武

中国的墨砚滋养诗人

长城蜿蜒起伏，风雪迷蒙

毛泽东将满目景色凝炼成"一穷二白"
又用狂草挥写了一首气盖千古的
《沁园春·雪》
诠释长城
概括中国

修长城的是秦始皇
哭长城的是孟姜女
帝业成灰
民怨难息
"不到长城非好汉！"
毛泽东脱口吟出一句名诗
他要到长城的一块块城砖里
去细细查阅这片土地的
远古来历

哦，从月球遥望长城
美丽神话永远充满诗意
每当嫦娥思乡心切，回望故土
只要她依然能够望见长城
她便深信
大江东去浪淘尽千古人物
悠悠岁月决不会吞灭神州
她便有了支撑千古寂寞的
足够信心

土地之子
一节节抚摸着细看长城
每一块厚重的城砖里
都烧结着一个苦恋这片多难土地的

哀怨而悲壮的忠魂
每一条砖缝里，都露着一根黎民的白骨
阴雨天，一滴一滴
苦读千年雨滴

长城
你是中国老农弯曲而坚硬的脊柱
腰，是在农田里劳作累断的
背，是在黄河纤道上背纤扭曲的
被苦难逼迫着一次次奋起厮杀
阵前中箭落马，跌断了肋骨
长卧在北方
关节已经僵直，一处处骨折
数不清的箭伤刀疤
你竟不死

哦，不死的长城
你想用残躯
遮挡住北方凛冽的寒风，和
汹涌南下的马蹄
你要为子孙护卫住这片苦难土地
护卫住一方安宁，冬季
朔风袭来时，你的每一处骨节
仍在隐隐作痛吗
长城哟……

呵，中国
长城悠悠长卧，卧出一身骨气

毛泽东和他的队伍从南方走来

北方的烽火台已残破得升不起狼烟
历史在北方沉沉昏睡
这一次，历史已轮到南方的英雄豪杰
要来踏醒这片多难的土地，要来唤醒
已在北方昏睡百年的历史

在黄河哀怨中煎熬出长城骨气的子孙
危亡关头
以黄河和长城的名义
同入侵者决死

筑起万里长城的民族
竟被一支烟枪麻醉
南方海上驶来钢铁炮舰
炮轰这片土地的浓烈硝烟
呛醒了林则徐呛醒了洪秀全
呛醒了孙中山
他们向北方奔跑着大声呼号
苦苦呼唤这片昏睡已久的苦难土地

历史潮
从此打了一个回旋
海外来风裹挟着腥涩潮汛
从南方
一浪高过一浪地
扑向北方
浪起浪灭
浪灭浪起
怒卷不息

这片神奇而又多难的土地
历史向现实交接命运的地点
在北方
命运之符尘封在北方的破败宫殿里
海外征服者要盗走这道符
海内觉醒者要夺取这道符
危亡和希望且战且走
夺路北上

长城静卧了几千年
忽闻空谷足音来自南方
黄昏夕照里耸起欲断还连的脊梁
驮起一瞬黄光，背负着年代久远的辉煌
翘首南望，迎候来者

到达长城的路，过于遥远和艰难
洪秀全饮恨长江
孙中山刚刚跋涉到长城之麓便猝然倒下
长城一次次失望
重又卧进深沉夜色
卧成一道比夜色更浓重的黑影
逶迤在天穹下
诘问上苍
路
路呢？
路啊！

关山万重
围追堵截
乌蒙磅礴

水拍云崖

喝令三山五岭开道

屈指行程二万

不到长城非好汉

毛泽东挟南粤海风三湘灵气

率领他的人马

来了

毛泽东

要去亲手抚摸长城

握住命运之符

登上长城，他要望穿这片土地走出苦难的

确切走向

忽闻悲歌声起：

"用我们的血肉，筑成我们新的长城！"

长城在倾盆大雨中唏嘘得老泪纵横

它对守护了两千多年的苦难土地说：

"血肉尚在，血肉尚在啊……"

毛泽东在风暴席卷中

听见长城天音般悠久的呼喊：

"不愿做奴隶的人们，

起来，起来……"

二　黄河·农民·毛泽东

黄河

大曲大弯，波涛如烟，涛声如雷

跌落是吼，回漩是怨，混沌，激荡

高原
黄土漫漫，大起大伏，沉寂，涌动
塬是睡狮，塬上的雨裂沟是缕缕长鬃

天高地阔，大境界
残阳如血
毛泽东心潮逐浪高，倚天读黄河

毛泽东的背影
在黄河岸边
构成一幅历史性画面

汤汤黄水自天边涌来
惊涛拍岸
五千年纷争五千年兴衰五千年悲愤
历史流成一河
血
流成一河滚滚的
火焰
和呐喊

每一朵浪花
都曾是一位人物
每一个浪尖
都曾是一面旗、一支戟
每一声惊涛炸裂
都是一首悲壮的浩歌
每一声细流擦岸
都是一阵泣血的呜咽

惊涛骇浪在诉说兵荒马乱的岁月

一排浊浪掀翻一个朝代

浊浪里

有秦皇挥剑决浮云的身姿隐现

旗戟如云，鼓角马嘶

涛涌如两军厮杀人仰马翻

浊浪里有唐宫宋殿，残楼断阙

有陈胜揭竿，黄巾飘动

闯王旗幡猎猎，头盔错动，红缨一闪

浪花闪亮处

白骨狼藉

听涛声

有荆轲风萧萧兮易水寒之悲歌

有楚霸王魂断乌江刎别虞姬之绝唱

有刘邦仰天高唱《大风歌》之余音

有李白醉吟黄河之水天上来的残句

多少英雄豪杰千古风流

龙袍凤冠羽裳玉带都成浪里泡沫草屑

滔滔黄水，波涌连天

只有泥沙沉积

河道淤塞，水流不息，民怨泛滥

中国是一条河

一条大弯大曲黄水激荡的河

前有覆舟，后有恶浪

黄河哟……

黄河流了五千年

全都流进了毛泽东心里
中国之子
面对黄河久久站立
之后，他背手远望，俯视苍茫
天空布满阴霾
西风漫天舞雪
黄河一夜封冻
天地皆白

毛泽东住进陕北寒冷窑洞
他拨旺瓦盆里的炭火，点烟，搓手
泡一杯热茶，低声吟哦
研墨，蘸笔，滔滔黄河之水
在他心间涌动成一首恢宏诗篇

啊，黄河
流水悠悠，岁月悠悠
将黄土高原冲刷、剥蚀
在世界东方，灌溉出一幅古老的
黄土黄水构成的农耕图腾
河里，惊涛骇浪
塬上，沟壑纵横
古老得难以破译

毛泽东灵魂中煎熬着
对故国命运的
悲愤和忧思
从屈原投江的楚湘山水间向北走来

万里长征

雄关漫道
踏遍青山

毛泽东和他的队伍到达黄河之滨
他手持一本《天问》
前来朝觐这幅苍老剥落的农耕图腾
泱泱古国的命运
发祥在这片古老的农耕流域
生息繁衍成浩荡华夏
在这里沉沦
也要从这里再生
古中国的文明之祖
在此卧成黄土高原，沉寂千年
大智若愚，返璞归真
只有曲曲弯弯的黄河东流水
魂牵梦绕
长流不息

五千年兴衰由黄河去诉说好了
五千年纷争由黄河去诉说好了
五千年悲悠悠恨悠悠情悠悠愤悠悠
五千年辉煌和黑暗
都由黄河去诉说好了

这片土地决不会走失
滔滔黄河之水决不会断流
交融在这片土里水里的英魂决不会死灭
东方地平线
终有破晓的一天

毛泽东和他的队伍，人困马乏地来了
"问苍茫大地，谁主沉浮"
苍天不语
大地不语
黄土黄水构成的农耕图腾
整幅铺开
毛泽东著文祭轩辕、谒黄陵
膜拜华夏先祖，参悟这古老的图腾

盘古神农炎黄
先祖之魂
在北方
农民，是古中国的创世主
悟透了黄水怨、黄土情
也就悟透了农民情结

中国农民滚烫的血脉
伴着先祖向苍天的呼号
从黄河中涌来，在毛泽东血管中激荡
黄河流不尽土地的诉说
毛泽东是农民的儿子
农民，是毛泽东的上帝

哦，毛泽东
韶山冲那个茅屋和瓦屋杂陈的村落
是你童年看到的
在寒冷冬天喳喳蹦跳觅食的
第一只麻雀
留洋的读书人逮不住乡间的麻雀
你学会了解剖麻雀

家里那位长工
小学里那位穷得带不起午饭的同学
你还记得
跟着父亲去卖掉了猪，回家路上
那位乞丐向你哀求的情景
你还记得

农民的一双双饿得发绿的眼睛
盯着地主和商人的粮仓
韶山的饥民们涌去吃大户，鸡飞狗吠
长沙传来了抢米风潮的消息
风暴旋卷起浮动的人心
偏僻山村并不寂静

你在夜里掩住灯
瞒着吝啬的父亲偷看《水浒传》
书里有一句话使你怦然心动：
"造反！"

农民是低头从土里刨食的鸡
他们头顶上有天敌老鹰在盘旋
鲜血淋淋的一颗颗头颅
挂在长沙街头的旗杆上，示众
那是为了活命去抢米，被砍头的农民
率众吃大户的头领，韶山的一条好汉
那位彭铁匠也被斩首了

施耐庵说，历代的中国农民
最终都被朝廷逼上了梁山

毛泽东终于彻悟

苦难中国的济世良方

就在这幅黄水黄土构成的图腾中

西方盗来的火种

正好点燃这堆干柴

煎这付药

广州农民运动讲习所里的粉笔、讲义

步行七县八乡去考察湖南农民运动的

那双布鞋、那把雨伞和那本笔记那支笔

都成了你的无价财富

农民们在秋天里跟随你高举起义的旗帜

跟你上井冈山

扛着枪，穿着走烂的草鞋，饿着肚子

生生死死跟定那面火红的旗子走

破衣烂衫，冒着枪林弹雨走

将牺牲的同伴在路旁草草掩埋

擦去自己身上的血，继续走

跌倒了爬起来，继续走

饿晕了，醒过来，继续走

腿打断了，拄着拐棍走，坚决地走

过湘江时那么多被打死在水里和路上的

过雪山时那么多被冻死在雪地里的

过草地时那么多陷进泥沼牺牲的，和

在冻饿中耗尽最后一丝力气倒毙在草地上的

都是农民啊……

马克思在动乱的欧洲

从莱茵河畔流亡到伦敦

他走进大英博物馆走进一座思想的炼狱

为寻找一个公平的世界

双脚将座位下的石质地面

磨出两个深深脚印

他的思想开始漫溢

他的须发如怒涛翻卷飞瀑流泻

他说资本的每一个毛孔里

都流着工人的血

一无所有的奴隶们，应当做天下的主人

于是列宁到彼得堡的工厂去发表演说

从城市发动工人起义，十月革命一声炮响

惊醒了中国

在东方，在中国，毛泽东却走向农村

投奔农民

他说

中国幼小的工人不借助农民那双大手

还握不住中国的命运

普天之下，莫非黄土

黄土之上，遍地农民

农民之祖，根在北方

毛泽东率领浩浩荡荡的农民

到陕北来

寻根

哦，毛泽东

你同头上包着羊肚毛巾

身上披着翻羊皮袄，唱着信天游
在塬上、沟里放羊
或种地的
双手乌黑的陕北农民们
走到一堆儿吸烟、唠嗑，很亲切

陕北贫穷得只剩土地和阳光，但
黄河里也跳动着粼粼金波
谷子顽强地站在一贫如洗的土地上
每片叶子都吸收着充足的阳光
每一粒小米都是一滴咸涩的
汗滴
在阳光下凝结成金灿灿的
细碎的珍珠
陕北的小米喂养着中国革命
吃小米的革命者和吃面包的革命者
一样又不一样

哦，毛泽东
如老农厮守庄稼般
在黄河岸边的土窑洞里厮守着革命
天下赤子从五湖四海汇集到这里
在这片浑黄的、有着深厚古文化堆积的
黄土之下，到处埋藏着古陶残片、青铜器
锈蚀的箭镞、盔甲、壮士的英灵
和悲壮的故事
毛泽东要让他们在古燧边、断垣旁
谛听中国农民的呼唤
用西方盗来之火
点燃中国之柴

敲响鼙鼓，吹响铜号
带领中国农民出阵
去打出一个天下

夜已很深，窑洞里亮着一盏油灯
毛泽东批阅完军情，踱出门外
抬头看星，看晦暗的月亮，飘动的云
夜风掀动他的衣襟

他回屋躺下，静听天籁之声
细辨远古传来历史回音
华夏九州纷纭史事
南来北往世事变迁
哦，历史在黄河古道中旋卷而来
他被新的历史大潮
从南方，旋卷到北方
他正奋力搏击在旋涡中心
他突然惊醒

他披衣起身
走出窑洞
观天，想事

一声马啸
划破沉寂夜空

三 毛泽东·邓小平·中国人

凌晨
思想如音符来回跳动

想起中国
想起两个伟人：毛泽东、邓小平

不提起毛泽东
就说不清当代中国
中国人不提起毛泽东便说不清自己
甚至，连邓小平都是如此

毛泽东已向历史深处走去
中国走出历史隧道不久
刚刚看到一个眼花缭乱的世界
邓小平说，当初在黑暗中找到隧道出口
靠的是毛泽东那双眼睛

伟人评论伟人
一言九鼎

历史是什么？
是风暴卷过大地，烟云散尽
笑过，哭过，怨过
激动过又困惑过之后
唯一留下的
不动产

而未来
命中注定是历史的遗腹子
谁来调教这新生命
这才真正是个大问题

忧天的并不都是杞国人

但肯定都是中国人

每一个时代都会留下一个标记
它通常被简化成一个人的名字
记住毛泽东和邓小平都很容易
困难的是怎样记住我们自己

人间日益嘈杂
滋生烦恼永远比创造奇迹容易
世界每天都会疲劳一次，每晚
都由朦胧夜色将人间劳顿作一次沉淀
于是日出
于是有了清新的早晨
生活接着开始

要是没有夜晚过滤每一个白天
人类不会再有清新早晨

昨夜我是累了
欲睡难眠
天上星辰闪烁那是我在思考
睡意蒙眬时
晓色已将我从昨夜滤出
不可能晶莹剔透
但毕竟作了一次洗涤
今晨精神很好
准备投入又一轮新的疲劳
我又想起了中国
中国很疲劳
中国人很疲劳

我是中国人
我属于中国

中国这部古书
毛泽东越读越厚
他越读越为中国感到憋气
于是一次次将矿石和铁块敲碎
投进熊熊燃烧的大熔炉搅动、冶炼
他要将中国重铸成一尊巨人雕像
重新面对世界站立

毛泽东一辈子喜欢迎接风暴
从来就讨厌死水一潭
他战罢玉龙三百万，搅得周天寒彻
喜怒哀乐全都撒向人间
于是所有中国人
全都有了一部感情跌宕的
心灵史

邓小平被困在江西的那些日子里
每天傍晚沿着那条曲折小径散步
他沉默不语
白天踏着泥路，绕过水塘
到钳工车间去上班
在路上跌过一跤
他用沉默，磨砺钢铁般的意志

在邓小平深深忧虑的全部问题中
至少有一点或两点，那时
也曾在我心中翻腾

那是中国人亢奋得疯狂之后
觉得十分疲劳的日子

哦，"小平您好！"
毛泽东晚年一挥手你就得栽个跟头
你终于东山再起
全世界都知道你这位打不倒的小个子

邓小平比全世界知道得更清楚
中国这条拥挤不堪的大船
倾覆的危险莫过于在风浪中
丢失高悬在桅顶的
那面旗帜
他豁达大度
在剧烈颠簸的甲板上率众肃立
向那面高扬的旗帜
致意

毛泽东生前说，是奴隶们创造了历史
奴隶们说，我们翻身靠的是毛主席
邓小平说，没有毛泽东就不会有新中国
三种说法相互支撑，构成经典理论
在坑洼不平的地面上
三足大鼎最容易摆平、放稳

邓小平于逆境中积聚起强大能量
抬脚转身掀起一股邓氏旋风
中国
又出现奇迹
又出现伟人

只有中国这样的国度
才能产生毛泽东和邓小平这样的传奇人物
中国这片神奇的土地
经常盼望出现伟人和奇迹
这就是我们中国

邓小平创造奇迹的方法，并不离奇
他认准一条死理：养猫为了逮耗子

面对来自安徽凤阳的一则消息
他深深思考着中国农民的吃饭问题
以及写在共产党旗帜上的
根本宗旨

人们听到凤阳，便会联想到朱元璋
联想到史书中
中国古代农民为何会一次次揭竿而起？
深夜秉灯读史的中国政治家
每读至此都会心头一沉
掩卷而起，踱步深思

邓小平首先从农民的锅台上、饭碗里
找回了毛泽东和共产党
当年打开胜利之门的
那把金钥匙
他走在四川故乡的田埂上，思路
从农村延伸到城市，甚至
越过海洋
他来到深圳，面对太平洋

遥望中国的下一个世纪

毛泽东
在艰难北上的长征路上
面对群山诗情澎湃
吟出诗意浓郁的句子：苍山如海
邓小平
在顶风南下的路上
决不拖泥带水
仅用两个字表明他的果决：出海！

邓小平性格直率，语言简洁
他说贫穷不是社会主义
他说填饱肚皮是唯物论的首要问题
他说共同富裕不是搞平均主义
他说为了统一中国可以搞"一国两制"
他说
热衷于姓"社"姓"资"的争论
根本不算什么本事

邓小平很欣赏毛泽东的一句名言
推动社会历史大变动的
那伟力之最深厚的源泉
是人民的意志

是源泉终将从地底涌出
涓涓细流终将汇成奔泻喧腾的河

邓小平问：毛泽东为我们留下这条大船
我们为何不能将那条拴死的缆绳

斩断？

千帆竞发，百舸争流

何惧浪遏飞舟！

暴风骤雨席卷过凌乱岁月

春意在邓旋风中开始洋溢

压抑太久，创伤太多，不满太多

有些人想要发泄，有些人过于性急

邓小平皱了一下眉头，他说

中国的病根在哪里

我比你们看得更清楚些

中国这么大的个头

谁想毛手毛脚将她抬上手术台

为她动一次开膛剖肚的大手术

她肯定下不了手术台

这，就是我们中国

不按中国思维方式来猜中国的谜

肯定猜不透

猜错了，肯定要栽大跟斗

治疗中国病

需要耐住性子

用中药罐子慢慢煎汤药

滋阴壮阳，辨证施治

苦药一付一付接着喝，急不得

邓小平提高嗓门说

只有一件事等不得：赶快干活先弄饭吃

关于治病，毛泽东提倡中西医结合

难题是：中西两种药方究竟如何结合

我们中国，永远背负着悠久历史

永远面对着复杂世界

久久打不开"洋为中用"这个死结

黑色炸药是中国人发明的

西洋人用它轰开了中国国门

诺贝尔又拿去改了一下配方

使黑色炸药变成了白色，具有更大威力

这让西太后抹不下老脸

她宁肯割地赔款

宁肯把至亲儿皇囚禁在瀛台、将他逼死

硬是不肯给诺贝尔发一个

"中为洋用"的奖杯

以便把他的新配方拿过来

于是

《西游记》变得难以解释

东方的孙悟空竟斗不过西方的妖魔

被压在山下久久翻不过身来

如来佛是东方人

他幸灾乐祸，闭目养神，稳坐泰山

唐僧查遍取回的佛经，上面说

崇尚静坐，以修身养性之法逃避苦难

这是东方人最大的能耐

鲁迅曾对毛泽东说："把西方的东西拿来！"

毛泽东回答："我同你的心是相通的。"

他的确把马克思和列宁的思想都拿了过来

杜勒斯的阴魂却在他心头萦绕不散

他认为东方和西方两军对垒
谁胜谁负的问题还远远没有解决
决不能烧香引进鬼来
强盛过，但受够欺凌衰落已久的民族
从沉疴中再起，面对恶意和冷眼
要扫除仇恨宿敌这道心理障碍
的确很难、很难

哦，还是邓小平比较想得开
大落大起之中
他望穿了历史，悟透了世事
他说
要想彻底打开"洋为中用"这个死结
中国那句乡土老话必须改一改
所谓"篱笆扎得紧，野狗钻不进"
有了三间遮风挡雨的破土屋
就想扎道篱笆围住土院子
窝在炕上图安逸，这是真正的土鳖子
小家子气得很
北面修了一道万里长城，那又怎么样
英国人开着钢铁炮舰从海上打了进来
有志不在关门
有胆有识，才敢走出去、请进来

毛泽东领导农民打倒了地主老财
对于人们想要发财
他的确想不通
按照逻辑思维，谁能说毛泽东的想法不对？

今天，中国人谁都在说"活得很累"

内心都想发财

商品流光溢彩流成繁华长街，楼群

从荒凉海边崛起，越洋电话

从海外打进内陆闭塞乡村，农民们

打起领带脚穿胶鞋，大批大批涌进都市

俊男靓女涌向海外

老外们先是进来偷看中国的神秘、贫困

之后，纷纷前来中国淘金

我们自己的许多官员、文人、各色人等

也在纷纷下海

中国人不可能活得不累

疲劳的中国

疲劳的中国人

永远不会清闲，不会偷懒

中国

这就是中国

毛泽东临终前

多次对身边的工作人员说过

对来访的东方和西方的政治家们说过

他已经接到了通知，即将去见马克思

我想，他见了马克思

除了同马克思探讨某些重要的哲学概念

也可能重新讨论一下穷与富的问题

毛泽东走后

他看熟了的那幅世界政治版图

已被涂改得无法辨认

一时还难以勾勒出新的轮廓

重新敷色更得有些时日
世界需要重新安排
邓小平要中国人抓住机会
他说：
"赶紧把帆扯起来，大胆出海！"

毛泽东的毕生事业
是要为中国寻找充足水源
为此，他将"润之"改为"泽东"
老愚公移山，他挖井
他向历史深层开掘不止
中国这口老井被他越挖越深
穷乡僻壤的人们吃水却依然困难
邓小平站在巨人毛泽东的肩上放眼一望
他说："不，中国需要出海！"

马克思是西方人
毛泽东是我们地地道道的中国人
他穿着老式布鞋，漂洋过海去见马克思
难道能说他老人家是"崇洋媚外"？
不怕风吹浪打是毛泽东的豪迈诗句
是新中国史诗上的金色句子

自从大禹制服汤汤洪水以来
中国这片土地干渴已久
追日的夸父渴死在奔向大泽的途中
中国人在这块干旱的版图上找来找去
一直未能彻底弄清
《山海经》中记载的大泽
究竟是指哪一个湖泊？

邓小平豁然开朗："大泽即海！"

眼下，毛泽东他老人家
已坐在大洋彼岸马克思的书房里
正在和马克思彻夜长谈
两位用思想改变过世界的伟大先哲
也在共同回顾和分析
关于海的本质
他俩也有了不少新的认识

毛泽东北上长征是陆路
围追堵截，关山重重，九死一生
邓小平南下出海是水路
波涛汹涌，狂风恶浪
船会翻吗？
中国人一向有些怕水呢
邓小平一笑：
过河可以摸着石头，
到了海上，只能豁出去，
学会掌舵、扬帆……

1993 年 3 月 27 日

莫非真的从伤口处

在向下长出根须？那么

思想真的在向上长出绿芽吗？

第三辑

保卫南疆

钢盔

出击前，
庄严地戴上这顶钢盔。

筑起一座信念的堡垒，
去守卫尊严，守卫爱。

罩住一颗年轻高傲的头，
催熟一个壮怀激烈的魂。

随时准备伸出生命的枪管，
向天际发射一颗闪烁的星。

　　　　1987 年 2 月 6 日于滇南

迷彩服

不羡慕古罗马骑士的斗篷，
不留恋赵武灵王的胡服。
抖起当代军人的威风，
你潇洒地穿起这件迷彩服。

披一身生命的斑斓，
同苍白地活着的人区别开来。
用前额迎对敌人枪弹的战士，
你最懂得，
人生不能靠伪装取得价值。

深黄底色——
民族之魂携着你，
从古老的黄河沿途走来。

团团墨绿——
穿越丛林的搏击
使你的青春跳跃过嫩绿色。

点点浓墨——
你蘸取四溅的硝烟，
记录下生命与战争的撞击。

色与色之间缺乏过渡。

战士对生与死都厌恶暧昧。

不要为迷彩服缺少红色遗憾。
在把敌人撂倒之前，
战士珍惜每一滴昂贵的血。

　　　　1987 年 2 月 7 日于滇南

雾锁盘龙江

　　题记：盘龙江穿越老山战场的崇山峻岭。盘龙江河谷常年升腾起漫天大雾，笼罩着群山，笼罩着丛林，笼罩着阵地哨所，笼罩着万千将士，笼罩着一个遥远的神话：这里有龙……

哦，好大的雾啊

白蒙蒙

黑魆魆

蓝幽幽

湿漉漉

浑浑沌沌的漫天大雾哟

你是要吞没我吗

你是要溶化我吗

我浮上了云端吗

我沉入了海底吗

山呢

路呢

天呢

云呢

宇宙呢

我走进了中生代三叠纪地层吗

我将被凝固成恐龙时代的化石吗

大雾啊

你是带我去龙的世界吗

你是带我去龙的时代吗

我沉浮于茫茫雾海

我寻找龙

我乘雾潮上浪峰

哦，我看见了龙

那层层叠叠的山峦

搅翻了雾海撕破了云层的苍龙啊

我从平原进群山

当初为何不曾发现你

我随雾涌穿山谷

哦，我看见了龙

那凌空回旋的山路

窜上去吞云扎下去沐雾的青龙啊

我从险路复往返

当初为何不曾发现你

我下雾海潜入底

哦，我看见了龙

曲曲弯弯的盘龙江

纳群山汗泪吐满天云雾的蛟龙啊

我沿着江岸上火线

当初为何不曾发现你

我进雾海访洞穴

哦，我看见了龙

年轻忠诚的士兵群

硝烟里孵化雾海里升腾的龙种啊

我与你们同行来

当初为何不曾发现龙之群

噢，这云遮雾罩的盘龙江哟……

1987 年 6 月 15 日滇南

我案头，站立一尊秦兵俑

秦兵耐苦战
　　——杜甫《兵车行》

纵横扫六合驰骋了一生
挥剑决浮云鏖战了一生
然后，你面对一统大秦
肃穆站立
永远沉默

有人赞叹虎视雄关秦时月
有人哀叹边关草深堆白骨
千秋战事
纷纭众说
你肃穆站立着什么也不说
深深地思索，永远沉默

你肃穆站立
以兵的身份
展现着一个雄武的民族
你永远沉默
忘不了咸阳桥头
父母妻儿牵衣顿足的哀哭

你在沉默中深深地思索
身经十万里征战
亲睹剧痛中分娩了统一的古中国

你是一具灵魂的化石
看你的表情
有满腹的话要对我说
然而你什么也不说
你什么也不用说了
我也是一个兵啊
穿越两千多年纷乱世事风云变故
在对战争的同一个思考点上
我们相向会合

你的形象
就是一句不朽的格言
兵
应当代表自己的民族
永恒地站着

虽然，我尚未沉默如你
我的灵魂也在硝烟中深深地思索
我记住了你的格言
活，要站着
死了，也要站着！

　　　　1987 年 7 月 17 日于老山前线

　　注：我在战地偶得一座仿制秦兵俑，高 30 余厘米，立于案头，朝夕
与共，相对无言，感慨良多。

猫耳洞人

一

奇闻！一条不可思议的奇闻
荒诞！荒诞得让人难以置信
沿着国境线硝烟熏黑的峭壁
依着谷地焦土中不屈的危岩
像一群不朽的石窟
像一片不可亵渎的神龛
像一个个凌空高筑
俯视狐鼠出没的鹰巢
穴居着一群裸体人

二

难道是远古飘来的传说？
难道是被文明人惊扰追赶
失去宁静失去那片深邃山林
迁徙逃遁来到盘龙江河谷的
神农架"野人"？
难道是借滂沱雨劈天雷漆黑夜
悄然降落的外星人？

三

想象的人

有时候，比神话还不可捉摸
现实的人
有时候，现实得像史前传说
真实的人
真实得一丝不挂时才算确凿

四

他们一丝不挂，确确凿凿

五

是今天向昨天蜕化吗？
是文明向愚昧堕落吗？
是因为淫荡
才忘记了裸体的羞辱吗？

六

问天
澄清一个浑浊的疑问
需要多少颗赤诚的头颅
和净化了的心灵
化作边关红土地草木青青？

七

裸体人
在向裸体的祖先宣称：
我们是一群——猫耳洞人
有，用雷火吱吱烧烤野兽肉

带血撕食的山顶洞人的老乡

有，走下秦岭到渭河边

用兽骨刺鱼生吃的

蓝田人的后裔

有，云南红土高原密林中

攀援跳跃唿哨呼叫的

元谋人的血亲

八

为了先从自己身上寻找

真正的——人

钻进比裸体祖先的故居

更矮更暗更潮更闷热的猫耳洞

一座辉煌的人生大学

把人的进化史从第一页

开始读

九

猫耳洞人上学的——路

好远、好远啊！他们

向远古步行了几百万年

去翻阅关于人的一部大书

风雨斑驳的大地书页上

有一行行人的脚印文字

写着——

天地混沌初开，人，袒露直立

洪荒渐退，人，腰围树叶

之后，人，才穿起长的和短的服饰

他们

他们

他们……

络绎浩荡，喧嚷不息

踏着动地的脚步声走来

沉重脚步里随烟尘腾起

和着悲壮哀哭的啸啸号角

啊！

那是一脉相传的龙的传人

一路呼喊着血性和桀骜

唱着捍卫繁衍生息疆域的

悲歌和浩歌哟

这歌声，旷古撞击天和地的回音壁

回荡不绝

不绝

不绝……

啊！

我们骄傲地跟上了这步点

加入了这行列

从此，龙吟之歌里

又响起一支新的雄浑旋律

十

自人类互相交战

自交战使用弓箭长矛

就有护心镜镶嵌的战袍

自莫邪铸利剑削铁如泥

就有叮当作响的甲胄

披裹兵曹
自狙击枪远距离射杀生命
就有士兵穿起迷彩服隐蔽目标
猫耳洞人
面对速射枪、远程炮，赤身裸体
莫非想炫耀刀枪不入的绝招？

十一

冷的疑惑，要用热的血，去洗消

十二

为了你
衣冠楚楚，走上大街
足够风度，足够时髦
为了你
窗户向阳，装上暖气和空调
不要因寒冷和燥热烦恼
为了你
在红地毯上沉着踱步。
精心构思，谋划，创造
为了你
在都市的高等学府里
安静地把新知识吸饱
为了你
在席梦思上，甜蜜之梦
不受惊扰
关于我们
在非人生存的洞穴里，如何生存

不忍心，真不忍心让你知道
只想告诉你一点：
裸体，是我们殊死生存的需要
生存下来，是殊死战斗的需要
我的战斗，也有你的需要

十三

地球人，是被探测的，外星人

十四

千万年了哟
在弹丸似的地球上
在茫茫无际的宇宙里
都在苦苦寻找着
真正的——人
闪烁星空，众目睽睽
洞察着聪明非凡的地球人
猫耳洞人
拍打着肌腱鼓凸的胸
向天外生灵喊话——人！
我们，是你们苦苦寻找的
人！
人！
人！

　　　　1987 年 5 月 23 日夜于老山战区

穿绿裙的男兵

穿裙子的特权
只属于女性
而他们是十足的男性
是男性中
一群剃光头的男兵
却穿起了超短的绿裙

是猫耳洞里埋葬了
太多红裙的相思
才这么恶作剧吗?
他们说
要是那样，就不配称男兵

是埋葬也叫入穴的缘故吧
我们这些为埋葬战争而入穴的
猫耳洞人
还没有死呢，身上就开始腐烂
士兵只能战死
怎能活活烂死呢
于是将腐烂层剥离
裸体，溃疡面
淌着黄水，发出腥臭
哈
彻底暴露了

霉菌吞噬人体的野心

为了文明地走向死亡
当战斗打响
他们慌忙套上超短绿裙
敌人打退了
他们没有死

于是，双手撩起裙边
像一群秃羽的公天鹅
跳起芭蕾迪斯科
这是光头男兵的一大发明
笑死人

1987 年 9 月 5 日于老山战区

老山风靡相思豆

　　题记：所谓"老山相思豆"，其实是一种名叫"蛋黄果"的核，士兵们误认它为相思豆。视为珍宝，爱得动情。云南另有一种相思豆，图钉般大小，血红色，扁圆状，但老山没有。

一

老山风靡相思豆
浑圆
紫红
一粒粒如血染的银杏果
男兵们挂在胸前说：
"亮得像姑娘的眼睛。"
女兵们藏在兜里说：
"硬得像男人的心。"
生命中
相思的岁月不会很多
他们正是相思的年龄
这些爱跳疯狂迪斯科的士兵
也许
从未读过"红豆生南国"的诗句
却一步踏进了"此物最相思"的意境
这就是东方的士兵，古老又年轻

二

前线的士兵
最崇尚的字眼是"雄性"
既然敢死，也就敢爱、敢恨
赤露的胸膛上
坦荡荡挂一粒爱的宣言：
即使在今晚的战斗中死去
人，就埋在脚下烧焦的土里好了
爱，却要深深埋进自己心里

三

北京来了一位漂亮的女声独唱演员
士兵们郑重其事
从每人胸前
挑选出最大最亮最圆的一粒
挂到她丰满的胸前
那晚没有战斗。洞外的芭蕉
早被弹片撕碎得稀疏了
凄凉地，在月色中摇曳
士兵们对白天那场演出的评论
却很有见地："她的歌真圆，
甜而不腻……"
女演员是流着泪走的
她带去了每个人的签名和地址
还有那一缕云雾硝烟般
时浓时淡迷迷蒙蒙的相思

四

满山的树，全被炸翻在地了
树桩挺起的劈叉
像刀，像剑，死不瞑目的样子
这景象残酷而苍凉
山坳里，奇迹般残留下一棵
苔藓斑驳的相思树
士兵们说："这是天意。"

五

一名很羞怯的战士
漆黑夜，冒险前去采摘相思豆
炮声突然响了起来
不知怎么他踩到了地雷
炸掉了一条腿
又不知怎么被弄进洞来
他始终紧握的手
向战友们摊开：
"我采到了一粒相思豆！"
一粒包裹在青皮里的相思豆
青皮上沾有血
大伙跟他一起笑了起来
全都满脸是泪

六

团长来了，他看了看战士那条

断送给相思豆的腿

没有批评，眼中有泪

脸色却黑了下来

突然威严下令："炸！"

那棵残存的相思树

轰然倒下，骤雨般

撒满一山相思泪

炸倒相思老树的轰响

在年轻士兵中

引爆了一场大争论

"团长爱士兵！"

"士兵懂爱情！"

"谁的爱重？"

"谁的爱轻？"

"谁爱得叫人伤心？"

"谁爱得让人动情？"

这古老又新鲜的命题

至今，仍在前线不休地争论

　　　　　　1988 年 11 月 18 日夜

妻子给他邮来一声啼哭

　　题记：这是发生在战场上的一个真实故事。一位老兵在猫耳洞里坚守阵地，战斗间隙时刻思念着后方即将临产的妻子。而这位年轻妻子则承受着双重的心理负担：丈夫的生命和产儿的生命。当她顺利完成分娩，立即将新生儿的啼哭声录成磁带，寄往前线。

猫耳洞里传出一声
婴儿呱呱坠地的啼哭
他终于"生"下一个孩子
眼泪打湿了他的满脸胡茬
止不住地往下淌
他摸了一把满脸稀湿的胡楂
"嘿，这小子！"
"喔啊！喔啊！喔啊——"
听得出来，挺暴躁、挺放肆
关于这一声啼哭的性质和意义
他的评价仍然是："嘿，这小子！"
你说这人啊，真怪
听见婴儿啼哭，就止不住掉泪
这就叫感动？就叫爱？
真是活见鬼
世界上要数女人最厉害
当你想到自己可能会突然死去
有一句关键性的话
想跟她交代交代

可是人家把你恨得像仇敌

为了报复你，不寄照片不寄信

用录音带寄来一声儿子落地时的哭声

真刁

真鬼

整得你

止不住地往下淌眼泪

"喔啊！喔啊！喔啊——"

这无比幼稚的啼哭，哭得他

如痴

如醉

止不住地往下淌眼泪

　　　　1988 年 11 月 24 日

黑孤岩，绿芭蕉

题记：写给一位年轻烈士和他的年轻妻子。

孤岩旁
婷婷一株芭蕉
孤岩铁黑，死寂
芭蕉翠绿，鲜活

孤岩从不说话
——它就是一句话
芭蕉听得这般动魂
从此有了常绿的心灵

来不及更多缠绵，就已永别
孤岩死也罢，活也罢
芭蕉风里雨里，絮絮细语
陪他说话

孤岩走向永恒
芭蕉以常绿的心灵伴它远行

1988 年 2 月写于滇南

阵地上的一窝鸡

那几天，战斗打得很残酷
死了一些人，也伤了一些人
负了伤的不肯下来
团政委赶了上来
他的通信员抱上来一只下蛋的鸡
说是喝点鸡汤，伤能好得快些
通信员说得很真诚："真的。"

伤员们讥笑他：
"小白脸，婆姨嘴，
阵地上哪来熬鸡汤的水？！"
班长一言不发，手一抡
将鸡丢下山
团政委淡淡一笑
通信员很尴尬，很狼狈
打仗也是挺忙的
大家很快忘了那只鸡

一天，哨位上静悄悄
静得有点出奇
似乎要出些什么事
忽地有人大叫："鸡？"
"鸡！"
"鸡！"

"一窝鸡！"
老母鸡很疲劳，然而很悲壮
下着"咯咯"的口令
带领一支黄毛茸茸的小分队
披荆斩棘向哨位走来
赴汤蹈火，视死如归

敌人开始向这边炮击
各哨位咋呼开了：
"班长！咋办？咋办？"
班长心里有东西一动
他骂："混蛋！快让开！
快让它们进来！让它们进来！"

老母鸡将一窝鸡雏领进了哨位
久久死寂的阵地上
蓦地热闹起来
"她在哪里下的蛋？"
"小鸡的父亲是谁？"

不管怎么说吧
老母鸡和她的黄毛小分队
从此有家可归
驻扎进那个哨位
炮停时出去巡逻
炮击时进来守卫

司令员从老远来到阵地上
来看鸡
老母鸡秃了不少毛

显得很苍老

小鸡雏们挺健壮

开始长翅羽

司令员临走说了一句话：

"有意思，非常有意思。"

　　1988 年 11 月 23 日

连长之死

题记：这是发生在我们参战部队的一个真实故事。

战争与死亡，相距最近
掀开战争这部烫金封面的巨著
军人们便将读到
黑体字印刷的死亡之章

战争与死亡，相距又最远
经历了战争再死，这人生
才算跋涉过军人之路的全程

而连长，他命运的程序
偏在这时发生了错乱
人生的山脊在这里戛然断裂
军旅生涯的制高点
被阻隔在无法到达的彼岸了
命运的此岸空留一截
陡峭的绝壁
他是猝然倒下的
被抬走时十万火急

出征在即的连队，过早地
遭到一次沉重打击
就连那几个最操蛋的兵

也都神情肃穆地
把各自的枪擦了一遍又一遍
他们平时在背地里恶毒咒骂他
此刻却突然发现：打仗
不能没有这样一位很粗暴
爱训人的连长

他在昏迷中大声骂娘
竟没有人顶撞，也听不到
全连脚跟一齐靠拢的脆响
他诧异地醒来
一丝对自己命运的嘲笑
浮到脸上——
一身臭汗，一脸胡楂
一肚子牢骚一屁股债
夜里想老婆想家
白天免不了发火
一声口令喝住一连兵
然后，窝囊地在癌变中死去
而且窝囊得如同风雪之夜的
一位乞丐
倒毙在战争的门槛之外

两行浑浊的热泪
流满了这位粗暴汉子沟壑纵横的脸颊
他对医院院长说：
"我请求，把我的兵叫来。"
他对拥到他床边的士兵们说：
"把我抬回去。"
他被抬回整装待发的连队

全连士兵们肃立着
像迎候一位战无不胜的元帅
那几个调皮的兵哭了起来

他仰躺着看他的每一个士兵
一顶顶军帽下，泥汗、胡楂、泪
挺拔的胸前
子弹带一个个勒得很紧
每支枪都擦得很好
他用山一样沉重的命题
最后一次，严厉考核他的士兵
他问：
"你们，都敢去死吗？"
"敢！"
他听到群山在回响

"人生的路，极短。但走进战争
这是生命中最长的一段路程。我
为你们……送行……"
盛满烈酒的碗在队列中传递着
士兵们纷纷饮下关于人生
关于战争、关于死的哲理
烈焰在每个胸膛、每张脸上
燃烧起来

连长最后一个捧起一碗烈酒仰脖喝干
这是他生命中最后一次对天豪饮
他喷出一大口燃烧的血来
他就这样死了
死在整装待发的队列之前

不久，前线传来消息
人们传说着他那个打疯了的
英雄连队

1988 年 10 月 21 日

黑色的辉煌

——为悼念阵亡烈士而作

宇宙深处

有一些星

发了千万亿年光

终于耗尽能量

于是做最后一次光的大爆发

从此收缩为黑洞

有巨大引力，不再发光

黑洞的质量超过亮星

超过太阳

那是红色辉煌之后的

黑色辉煌

在南疆

当我左臂套上黑纱

我之魂

被吸入一个黑洞

飞往漆黑的

宇宙深处

那是一颗颗星

在生命之光大爆发以后

收缩成一个个灵魂的黑洞

倏然飞离人间这座彩色星系

飞往无边的漆黑的宇宙

从此，永远看不见他们
但，漆黑中分明存在着
他们超重的质量
向人间辐射着漆黑的光
以引力为生灵划出光亮轨迹

尚在光亮世界的头颅
这么一排排低垂
而且悲哀
他们在漆黑中
表示出某种不满
他们希望听到出击的号角
而不愿听到怜悯与哀切
我之魂一阵震颤
晕眩中我发现了
红色辉煌之后的
黑色辉煌

　　　　　1987 年 8 月 23 日凌晨于落水洞

南方烈士山印象

题记：南方烈士山，指云南省麻栗坡烈士陵园，位于群山之中。

呼啸的海

何时，又为何

风

从死的海底

推起生的浪峰

又跌进

死的浪谷时

凝固成了

群山

呵！在陆地

塑一幅海的浮雕

铸一篇海的哲理

人类

向彼岸远航

风浪

不会平息

横卧的山

一艘艘沉重的舰

泊在这沉重的锚地

等待着风信

等待着岁月之潮

等待着一批批

敢死的水手

为寻求平坦的彼岸

无数艘沉重的舰驶去了

一去未返

烈士山

又一艘沉重的舰啊

纪念碑——桅

镌刻着远航宣言

蓝天——帆

鼓满宇宙之风

一排排墓碑

一个个搏浪的忠魂

冷峻地

已在甲板列队

告别此岸

启航

驶向瀚远的

海

海上

万千重浪山

舷，会被拍碎

怒卷的海风

桅，会被折断

航船，会在恶浪中打旋

倾翻

远征必死吗?

那么

就让我们进行必死的远征吧

没有风浪的远航

是乏味的

彼岸

真的比此岸平坦吗?

太阳

永远从云水相连处升起

迷蒙

遥远

深邃

永远相隔着

海

海上

涌过岁月漫漫

驶去的舰

都不见回来

这才是强大的诱惑啊

起风了

从天上看海的倒影

高耸的桅

沉重地，顶风

驶进云的阴霾

启航的舰啊

祝福你

驶向彼岸

一去不返

1988 年 7 月 18 日夜

马达街山顶古堡传奇

题记：马达街，地名，以打铁业闻名滇南边境，街西山顶有一座头盔形古堡。

戴着铁铸头盔
领着剽悍马队
进山出山
出山进山

杀退了来犯敌手
到达这座山边
下马
扎寨

他传下令来——
刀要磨
矛要锻
蹄铁要换

山路两边
锤声阵阵
火星四溅

他摘下头盔
安放在帐顶

伍卒们望见那顶不动的头盔

炉火更红

锤声更重

通宵达旦

不知什么时候，他走了

那顶头盔至今还在

身后留下一条

叮当叮当

永远打铁的街

　　　　1988 年 1 月 17 日夜写于滇南

救军粮，血的传说

救军粮，不是粮
是血
不是血，是刺丛枝头
挂满一粒粒殷红小果
如血

不是野果熟得太透
红似血
是山魂，一年一度
在秋阳夕照里回忆
山民祖先为了保卫这片山地
洒满山野的
血

每一粒殷红小果
都是一位战死的亡灵
浓缩成一滴
血
满山遍野的刺丛，全都挂满一滴滴
血
在这片山冈写下了一部
血的传说

那场战斗打得极苦啊

陷入重围

盔破甲残

军粮断绝

濒临绝境

不屈，悲怆决战

号角呜咽

风凄月黑

遍野的刺丛

一夜间

恸哭出满枝血滴

"吃——！"

一声绝叫

红缨又举

厮杀声骤起

弓鸣

箭飞

啊——这血！

我踏遍山野

每一滴血

都在说

人，可以死

山，必须活

为了这片山地丛林常青

每一根长满尖刺的枝条

甘愿流尽最后一滴血

啊！救军粮

这挂满刺丛的

一滴滴

鲜红鲜红的

血！

1988 年 1 月 15 日写于滇南

忆丛林

漫忆南方丛林
想起那些
不该想起偏又想起
不是敌手的
敌手

蚊子
歼击机般
纠集成杂乱的庞大机群
在我四周盘旋嘶鸣：
"用你热的血
解我冷的渴！"
我平静地
任它们叮咬、吸血
蚊子虽然恶毒
敢于发表吸血宣言
疯狂得倒也磊落
我忍住痛痒，表示佩服

蚂蟥
极懂礼貌
斯文得无声无息
从不吵醒我乏极的瞌睡
我蒙眬中抚摸溃烂的伤口

滚落下一条条浑圆冰凉的软物
它们早已吸饱了我的血
这些无骨的贼

老鼠
阵地上的老鼠
被战争养得很肥
我忙于战斗的时候
它们在掩体内放胆行窃
我的枪口无意对准老鼠
实在太不值得
老鼠总是怕我的目光
哧溜入洞，永远在逃避空袭
偷窃——逃窜
绝无战斗的欲望
偷了一生偷不来勇气
逃了一生逃不出死亡
我以一丝冷笑
静观老鼠一生的履历
度过寂寞的战斗空隙

1988 年夏末

战争·雨季·地球的又一个受孕期

猫耳洞
长在地球浅腹部的胎盘

也许，他们意识到了
把枪口对准北方扣响
自觉亏心。为了壮胆
需要用夜的黑布遮盖
所以，天黑以后的偷袭
才这么频繁
日出了，他们溜走了

枪响过后出奇的死静
死静中，我出奇的清醒
在太阳升起的时刻让我去睡觉
去做梦，睡意立刻羞跑
思维如雨季丛林萌发蓬勃绿芽
严峻与荒诞竞相缠绕
但我毕竟乏极了
老山雾般沉沉的朦胧
身子蜷缩如胎儿
老祖宗们
日出而作，日落而息
猫耳洞人
日出而息，日没而战

被敌人搅了个大颠倒

猫耳洞四壁红土
这分娩我最终也将埋葬我的
红土层
壁上有红色浆液漫下
在地面汇成浩瀚红海滞涩地汹涌
我看见我的一双脚
——我的生命之根
踩在黏稠的红土里，无意一动
掀起一排光斑闪烁的海涛
这些黏稠的殷红，都是血吗？
是血，我想，猫耳洞
是长在地球浅腹部的胎盘
我正在胎盘中受孕
胎盘壁充血了，哦——血
母体孕我之血呵

忽然跳出一个怪想
上帝怎样造人

人类是什么？
是宇宙老人
撒向地球的一群精灵
他们下凡之初，未得地气之前
尚未成人
至多是些精灵罢了
地球，才是人类的母亲
很惭愧，自从我钻进了土层
我才认识了母亲

虽然，她也喜欢打扮自己
一年要更换四套时装
但为了生儿育女，地球进化得
只剩一个永远如十月怀胎的
浑圆腹部
别的部位她都忍痛割爱了
她浑圆腹部的每一片红色的
黄色的、褐色的……土壤里
无论丰腴，抑或贫瘠
都在不断分泌出卵子
分泌出无穷的机会
期待着活泼游动的精灵

人类
我们这些活泼游动的小物
带着各自的染色体
到脚下的土壤里去寻找吧
找到母体分泌的卵细胞
接受她的遗传因子
于是，你和我将被孕育成生命
母体将我和你从土壤里娩出
一个土里土气、上生土长的人
上帝造人
其实并不复杂
过程大概如此
我从地面照出我的泥脸
露出两排白牙
嘴角闪过一丝笑意

当思想在宇宙中思考

我的心才经历了
从未有过的沉重

雨停了
洞外漫起大雾
雾涌进洞来，涌进我的思绪
思绪随雾霭向上飘浮，升起
进入无边无际的宇宙高空
思想开始失重
哦！当思想进入宇宙轨道
我的思考才变得如此飘忽
这里没有阻力，尚未污染
当思想在失重中思考
我的心才经历了从未有过的沉重
真怕有朝一日
这块洁净的芳草地
也被几个野小子糟踏了
这是宇宙老人留给人类的
一笔共同遗产呵
这里也是互相捅刀子瓜分
倒垃圾撒泼打架的地方吗

要是地球也怕烦恼
太阳系怕真的要绝后
变成一片死静

雾太重
思想随雾一起坠落

我想起了那一双粗糙的大手
面对一群大哭小喊的孩子
含泪微笑，脸上刻满皱纹
不停地抹着泪朝我端详
把我端详得惴惴不安的
母亲
不断地怀孕，不断地分娩
你好辛苦呵，母亲
不用瞒我，我知道的
你们太阳系的九姐妹
其他八个都得了不孕症
残酷的宇宙老人
——叫我怎么说他呢
把我们太阳系这个光华门第
这个紫气升腾的深宅大院
传宗接代繁衍子孙的重任
残酷地交给了地球母亲一个人

您早已子孙满球了
他还要你不断地生，生，生
他早就是位制造"试管婴儿"的
老手了，这老不死的
这智慧无边的老东西

也多亏了您
我们人类这个庞大家族的
地球母亲呵
要是连您也怕烦恼，图轻松
想去做绝育手术
太阳系怕真的要绝后

变成一片死静

没有哭喊，没有笑声

没有愁人的矛盾

那将是多么悲惨

多么可怖……

地球

您为何这么抽肩饮泣?

哗哗的雨声又响起来了

滴水! 滴水! 滴水!

这是地球母亲的泪滴吗?

您老人家为何这么抽肩饮泣

是在呼唤满球子孙对您的

真诚理解吗?

至少我是理解您的，母亲

子女多自有多的欢乐

子女多自有多的烦恼

您孕育抚养了无数伟儿倩女

他们为您争气，您为他们高兴

您也生下些个逆子

到处惹祸，闹得四邻不安

是他们让您难过得抽肩饮泣吗?

这些不肖之徒啊

我真想让我手里这支枪

再喷射一万次火焰

哪怕只为您消一口气

靠嘴去劝说，他们往往不听

我这样做，您会骂我吗?

您会说我同他们一样吗?
您要知道
为了您，我只能这样

我是多么希望看到您的欢笑
为孩子们愁白了南极的地球母亲哟
您这么多分了家的孩子们
谁都在说：爱国
有时为此激烈争吵
甚至打得头破血流，不可开交
但都尚未学会那句更重要的话：
爱地球
这是您常常抽肩饮泣的缘故吗
——母亲啊!

　　　　1987 年 10 月 20 日于落水洞

人类·历史·人类耕种着历史

我的心从狭小胸腔突围
去追赶耕种历史的人类大队

梦
朦胧如醒的梦
囫囵吞下了
困守猫耳洞的孤独
自斟自酌饮不尽
战斗停歇时的寂寞
我在梦里
才知道五彩人群热闹得
人头攒拥

战争，使我明白了
人生极其短暂
一生能做和想做的事情
极其有限
于是我的心
从狭小胸腔的包围圈里
勇猛突围
在梦里，疯狂地去追赶
耕种历史的人类大队

法老王
和金字塔之谜

梦里，我看见了
青白交融的尼罗河
沙海染黄的古埃及
法老王——地球母亲的长子呵
你一辈子，也仅仅做了
两件事
用几百万块巨石，为自己
堆垒起一座三角形大墓
用那大墓的三角形，为人类
留下一个难解的
谜

金字塔
是一只只渴死在
撒哈拉大沙漠边上的
大海螺
每一只巨大的螺壳下
都罩住一个死而不朽的
——其实是被沙海风干的
木乃伊
这就是法老王所追求的
最高理想——不朽吗?
木乃伊之魂
如今还在不在螺壳里?
我真想去问一声上帝

我佩服的

是这些渴死的大海螺

永远倒扣在那里

任凭旷古风雨和沙暴的长久抽打

留下满身伤痕，纹丝不动

它们是在顽强地证明

沙漠的历史原本是汪洋吗？

它们是在不屈地等待

下一个宇宙大潮汛到来吗？

金字塔，是为地球母亲

争了几分光的

她说："这些孩子挺能干重活，

也不笨。"

主意是法老王出的

金字塔是奴隶们造的

当我看到非洲沙漠里

一座座金字塔似的蚁山

我对蚂蚁十分崇拜

但我想知道

法老王和金字塔

不朽的，究竟是谁？

斯巴达克的悲惨结局
和古罗马的几座辉煌建筑

我从古埃及

梦游到地中海彼岸的

古罗马

你——呱呱坠地

就倾听到地中海狂涛的

罗慕路斯

造了一座"永恒之城"罗马

这件事也是有功的

但你为了"唯我为王"

残忍地杀掉了同胞弟弟勒莫斯

在亲兄弟之间，开创了

互相残杀的先例

这很不好。所以——

你之后的苏拉、恺撒等等暴君

手段就更加毒辣

他们不是把人痛痛快快杀掉

而是用皮鞭、用烧红的烙铁

驱赶聪明能干的古罗马奴隶

盖起一座工程浩大的

科洛姆西斗兽场

把活人扔进去，喂野兽

或是让疯牛把活人牴死

踩死

牛角上，挑起奴隶们

鲜血淋淋的

肠子

又开办角斗士学校

专门训练

人把人

活活杀死

他们坐在看台上

搂着美人儿

嘻嘻哈哈看把戏

奴隶们和他们

红色岁月 红色历程 红色史诗 红色经典

都是地球一母所生的孩子
怎么能这样呢

夜里，他们也做过一些
噩梦
心惊肉跳，总怕有一天
遭到恶报
于是，又驱赶奴隶们
赶紧再盖一座
潘提翁神庙
假惺惺用对神的虔诚
洗刷对人的残暴

刚刚把屁股一掉，他们
又钻进
戴克里先公共浴场
脱光了衣服，泡在水里作乐
拍打着胖肚子
狂笑
互相咬耳朵
密谋着新的
虐暴
被囚困在加普亚城的
斯巴达克
这位有良心有骨气有胆魄的
角斗士奴隶
他，实在忍不住了
为惨遭宰割的兄弟姐妹
振臂
呼号

古罗马城内，元老院的
头目们
立刻被吓昏，乱糟糟一片
发出疯狂的号叫

经过阿普利亚大决战
克拉苏得胜回朝
崛起一个新的
独裁者

斯巴达克
最终失败了
他被钉死在十字形的
木桩子上
塑成永恒的
不屈

如瀑的地中海大暴雨
倾泻在古罗马的
深棕色土地上
维苏威火山
大喷发
地球母亲疾首痛哭
为她的儿子
奏响一首不屈的交响曲

她生在古罗马土地上的
这群孩子们，就这么
把光荣与罪恶
文明与野蛮

辉煌与黑暗

搅拌成五彩颜料

涂抹成一幅

斑斑驳驳的

大油画

我仔细琢磨着

这幅画的永恒主题是什么？

释迦牟尼
和他手里的那串佛珠

身后几缕鱼白曙色

我赶回东方

悠远的恒河平原

是诗圣泰戈尔的降生地

然而我在这里首先见到了

比泰戈尔年长的

释迦牟尼

古印度净饭王的儿子

应该说，他是地球母亲的

一个端庄沉静的好孩子

论聪明，他堪称绝顶

他看破了红尘间苦恼太多

不平的事太多

这世上矛盾太多

他的感叹很深长

——阿弥陀佛

他的结论甚可怕

——苦海无边

他的诺言极伟大
——普度众生

他背叛父王，走出王宫
出家修道，吃了不少苦头
四处漂泊，教人悟道——
他的办法极其简单
又无比深奥
将一些珠子串成一个圆圈
组成一个无穷无尽的
循环数
教你去数
许多人苦苦数了一辈子
始终未能数出个准确数

这办法，其实高度概括了
释迦牟尼大彻大悟的
全部奥妙
数得清数不清无关紧要
要紧的是必须不停地数
以便将种种不平种种苦恼
统统忘掉

要是你数过一阵之后
忍不住，对花花世界
偷看一眼呢？

地球母亲说："不过
这孩子的心倒是善的。"

孔子和《论语》
秦始皇和万里长城

人类文明的黎明时分
我回到了自己的家
在这片
有黄河长江血管流动的
华夏之地
地球母亲早先生下过
一文一武，两个儿子
秦始皇
和年龄比他稍大的
孔夫子

他俩
一个手捧木牍竹简
一个手握青铜长剑
亲密合作，编就一部
中华帝国史

孔子的最大功劳
是创造了一个"儒"字
这是"人"和"需"的合璧
他的学问全在里面
他似乎在设问：
"人需何也？"
这，是一道可以给出
无穷解的题

但他自己的求证

却常常离题
人需要吃饭，太穷了
就吃不饱肚皮
孔子认为：
穷，倒是不大要紧的
要紧的是不能穷得不安分
东西少，也不怕
怕的是少得不均匀
故子曰：
"不患寡而患不均，
不患贫而患不安。"

他的三千弟子，大都也这么说
所以中国人穷了几千年
大致还穷得安分
因为一向穷得
比较均匀

直到今天，中国人
不是靠孔子，而是靠自己
才找到一个新的答案
人，需要活得富裕些

秦始皇
修了一道万里长城
这是他
以挥剑决浮云的大气魄
以纵横扫六合的大手笔
写下的两个大字——防御
他怕后人看不见

特意将它写在绵延万里的

高山峻岭上

这是他的伟大遗嘱

是写给华夏后裔看的

也是写给异邦邻居看的

甚至是

写给太阳和月亮看的

他以此昭告天下

华夏后裔

举国传世的宗旨

是把自己的家，看好，看住

可惜，因为他写的是

连笔狂草

后来华夏之邦的

好些个当家人

只知道站在长城脚下仰首

为它的雄伟自傲

都不去仔细辨认

这两个字的意思

稀里糊涂过日子

结果，往往连自己的家

都看不住

倒是异邦的一些

蓝眼睛黄眼睛

从很远处

或从比较靠近的地方

看出了门道

——防御

可以用各式进攻去击破

于是

中国人的额头

被打上了抹不掉的

耻辱印记

也因此——

黄河船夫才高唱着悲壮的号子

奋起

我赶上了
新的历史耕种期

哦，天大亮了

这一路走得我好累好累哟

我俯首——

在这片发黑的老土里

埋着一本光荣与耻辱杂陈的

编年史

我掘开土层，将它认真一读

懂了：历史和土地一样

是要靠人去耕种的

在祖先收获过骄傲的土地上

需要后人重新翻耕、播种

和不断地刈草

才能收割到一季新的骄傲

否则，将出现草荒

远看也是一片绿色茂密

路过地头的人却会说

这家的小辈，是败子

我捧起一把热土

多肥沃呵

1987 年 11 月 1 日于前线

月亮·钢盔·头颅·枪管

月亮
你想告诉我什么?

月亮
今晚，我看见了圆的月亮
我倚在洞口，抱着枪
没有枪声
没有炮响
月色无声
宁静，令人思绪狂奔

我怀抱的枪管，斜靠在肩上
指向天空，指向月亮
我对你决无恶意
但你要小心，月亮
你没有带枪
飘动的云层
是你唯一能够拉紧的
伪装网

今晚你似乎有些反常，焦躁地
将黑的、灰的、白的云
一层层拉开
从缝隙中探出半边脸来

迟疑了一小会儿，缩回去
又闪出来
天上也有恼人的风吗？
那云的伪装网
一次次刮到你脸上

哦！你急匆匆朝我走来了
你走得好快啊，月亮
我恭敬地站立起来
想跟你搭话
只听到"轰"的一声
我在昏旋中返回人间
但睁不开眼睛
只有狂奔的思想
头上有血，痛
这不能怪你，月亮
我拼命在想
你刚才对我说了什么？

月亮什么也没有说
不，你说了，月亮！
很简单很清楚的一句话
让我再想，快想……

什么也想不出，
只记得圆圆的一轮月亮
我的手还在吗？
还在，我摸到了钢盔的圆顶
冰凉

圆！

冰凉的钢盔给了我一个暗示

圆！

这就是月亮对我说的那句话

圆！

月亮，你为何只讲一个字？

简单到了极致

深奥到了极致

钢盔
启迪我破译圆的哲理

遥远的，遥远的宇宙

反复地，反复地传来一个声音

圆！圆！圆！

这来自宇宙的密码

我听到了，但译不出意思

我像月亮撕扯云层般

焦躁，我抓不到洞外的伪装网

抓到也没有用

伪装网上全都是小方孔

我翻转滚落的钢盔

它像复活了灵魂

摇晃得像只摇篮

我一碰，它又摇晃起来

钢盔用晃动的暗语告诉我

我婴儿期睡过得摇篮

那一定是真的

那时我躺在摇篮里

就像现在躺着的样子吗？

我有些失望，记忆中

找不到摇篮时代的回想

摇篮已睡不下我七尺之躯

我很高兴，我已经走过了摇篮时代

那么，当我头戴钢盔

我的灵魂又睡进了摇篮吗？

钢盔随着的我头颅晃动时

是摇篮在摇晃我的灵魂

还是我的灵魂在晃动着摇篮？

战争……

钢盔……

头颅……

摇篮……

我将钢盔翻转过来

——我扣翻了摇篮

它不再摇晃，安稳地

扣在泥泞的地上

像刚刚冒出地平线的

半轮太阳……

太阳——月亮

月亮——太阳

我往返狂奔的思想

忽然找到了破译圆的灵感——

宇宙老人

将一些几何形物体

抛向宇宙

给生灵昭示了

旷古哲理——圆

　月亮是一个圆

　太阳是一个圆

地球，这分娩人类的母腹

也是一个圆

每一颗星星都是一个圆

行星们都骑着独轮车

在各自的盘山路上兜圆圈

哦！万古宇宙中

所有的存在，都是旋转的圆吗？

一朵花不是一个圆吗？

一个果不是一个圆吗？

亚热带的香蕉却是个弧

弧不是圆的一部分吗？

——天上的彩虹

——我这顶庄严的钢盔

不都是半个圆吗？

半圆是什么？

在半圆处绷紧一根直的弦

便是一张弓

用它射出直的箭

于是发明战争

一声炮响！

又一声炮响！

枪声很密

谁在骂："狗杂种！混蛋！"

我想去冲锋！被死死按住

不能动弹

哦——战争

你是被切掉一半的圆吗？

像挂在天上的一张弓

在阳光降伏暴雨的瞬间幻成的

一道五光十色的彩虹吗？

那彩虹，是大雷雨的后一半吗？

那彩虹，是大晴天的前一半吗？

头颅

圆的外壳与方的思想

额头缠上了绷带

红的伤口，蒙上了白纱布伪装网

头很重，身躯无力将它举起来

我第一次这样仔细地抚摸着

我的这颗头颅，它居然

圆得像月亮，圆得像太阳

这滚圆的头颅

是圆的信徒

还是圆的叛徒？

我狂奔的思想

像地球倾斜般倒流

人之初，是胎盘中的一个圆

所有的人，都和我一样

降生到地上，都从慈爱母亲的胸脯

那温柔的太阳和月亮里

吸吮生命、思维和灵感

却忘了吸吮太阳和月亮昭示的

圆的哲理，圆的思想

也许，这是人的最大遗憾？

有思维的人，才会有遗憾啊！

最大的遗憾莫过于

人的绝顶聪明

竟是从圆的头颅里

滋生出了方的思想

蓝天，是地球的一面镜子

聪明的古人

因为看不到大地的尽头

曾从天上寻找过地球的模样

结论却是——"天圆地方"

人，从此对地的"方"一往情深

营造方的屋宇，睡上方的木床

死了，仍要睡进长方形木棺

葬入长方形墓穴

对"方"保持至死不渝的立场

只是为了灵魂

能够升到"圆"的天上

才在葬身的地表

堆起一个圆的坟墓

用这圆的几何形小土堆

向宇宙撒谎，恳求苍天原谅

圆的头颅里

竟是圆与方、方与圆

如此矛盾的思想

交战双方
枪口对着枪口
炮口对着炮口
是因为他钟情于方
还是因为我迷恋于圆？

我狂奔的思维
从圆奔到方，从方奔向圆
我看见，人在方的足球场上
疯狂地踢着圆的
缝制成地球板块结构似的
足球
都将它当滚雷，要去轰毁对方
雄踞对峙的两个隐蔽部后面
都张着伪装网

我看见，人在方的篮球场上
争抢着圆的篮球
都将这烫手的火球，投向对方
落进太阳的那个铁圈下
拖着半截天火烧剩的伪装网

我看见，人在方的排球场上
狠揍着圆的温存文静如月亮般的排球
都希望她从自己一端升起
殒落到对方地上
你来我往拼杀的中间
拉着一道伪装网

是要让圆委身于方？
还是要方归寂于圆？

我狂奔的思想
从圆奔到方，从方奔向圆

枪管
我用你窥探宇宙

我竭力睁开眼睛
头很晕，又阖上
眼球也是圆的
让我用圆的眼睛
好好看一下圆的月亮
洞外只有尖的黑的山影
天边不见圆的白的月亮

我睁眼向苍穹发问
地球真是圆的吗？
山那么高
海那么深
地球会是圆的吗？

洞顶掉下一粒沙子
眼帘倏忽关闭
沙子也是圆的
我揉出一滴圆的泪珠
这是宇宙老人用沙子当子弹

惩罚我对圆的怀疑
滴水的声音
我第一次听懂了滴水的声音
它固执地、唠叨地强调：
"圆的！圆的！圆的！"
水滴也是圆的
这是宇宙老人托你捎的话吗？

我让水滴落满手心
抹到脸上，好清凉的水哟
抹去了眼角的泪痕
沐浴了一次灵魂
我已分外清醒

伤不重，我坐了起来
心中涌起复仇的念头，抓起抢
向对面那影影绰绰的目标
瞄准
可恨！枪管已被炸断

他们发射炮弹的炮口不是圆的吗
炸伤我头颅、炸断我枪管的弹丸
横切面不也是圆的吗
——圆能代表美好的一切吗？

我拾起炸断的枪管
向幽幽宇宙窥探
我要质问宇宙老人
——圆是美好的一切吗？
宇宙老人早已隐去

不肯见人，也许他知道
连他，也经不起我的盘问

万能的宇宙老人
他向宇宙播种星星的时候
自己就缺乏足够的耐心
出手很不均匀——
将最后的一大把星星
撒成一条长长的银河
使亿万颗圆点，密集成长条形
至今，他无法将这一失误改正
因为，连他也没法弄到那只
能将满天星斗收回重播的魔瓶

万能的宇宙老人
还有一个不小的疏忽
他忘了向地球人提醒
看地球时
需要像你看太阳
或看月亮那样
需要离开地球远远地看她
地球才是滚圆的球形

万能的宇宙老人
他自己也有一件事烦心
在满天的星斗中，哈雷彗星
真是个调皮的孩子
总想从圆的管束圈逃离
老人只得用一根橡皮筋将他拴住
套上自己的手指

每当他逃出去撒了一小会儿野
大约等于地球人的一生
老人就得从闭目养神中醒来
轻轻牵动一下手指
将他弹回来教训他一次——
你这野孩子，知道吗？
地球人都在说你是"灾星"！

圆圆的月亮，才是宇宙老人唯一的
聪明得意的哲学研究生
她忠于圆的理想，每月十五
用圆脸甜甜地向人间微笑一次
然后，用湛蓝的纱巾
每晚将圆脸遮上一些
再遮上一些
月月年年，年年月月
她就这样向人间讲述着
圆与非圆的深奥哲理
娓娓动听，轻若无声……

1967 年 12 月 28 日——1988 年 1 月 8 日于老山战区

风雨丛林·生命穿越死亡

漆黑的雨夜
我穿越丛林去潜伏

战争对我说——
是条汉子，别总蜷缩在洞里

我走出猫耳洞
潜伏在丛林深处
等待着，等待一次
真正称得上战斗的
战斗

因为活着，我才渴望
同死决斗
生与死
是一个神秘的涡旋
两股交织扭旋的力
扭旋中
我曾几度奋力穿越
得到一个启示
生，是对死的穿越

一路跋涉
我终于到达生命途中

这座险绝的山
向前跌下是肉体的陨落
向后退缩是灵魂沉没

我的路尚未走完，还远
不能跌下，不能退缩
我钻进这死亡之谷
生之巅，在死之谷
在潜伏中等待着
要么穿越
要么在穿越中陨落

雨夜丛林

嘈杂·模糊·雄浑

夜很深，一片无底的漆黑
漆黑中，过于繁密的草丛
已不见它们无休无止的
内部纠葛
我脸颊触碰到的草叶
全都向上挺起长矛和箭镞
在久久等待一声号令
要去射穿这漆黑的夜
也许，只有在夜的漆黑中
我和草丛才能共同思考如下命题
光，对于生命，意味着向往
而向往，是对黑的勇敢挑战

一声响动，我立刻卧倒

为了避免一次死的袭击

我压倒一片草丛

草丛在我身下爆发一场

激动不已的内部口角

只有几棵尖刺植物

保持着冷静，分外警觉

对我压倒草丛的一扑

反击极其快速

用一把把尖利的小剑

刺穿我的伪装服

我每一根发梢，都涌上一个

尖锐的感觉

尖刺，勇猛的草丛卫士啊

惯于忍辱的草丛，闻到

尖刺上有我的血腥，都立刻

忘掉自己被压倒的委曲

纷纷给我一片悉索的同情

用柔软的安静

严密护卫一个带血的生命

我埋下头去，给草丛

一个深深的吻

漆黑的闷

漆黑的热

漆黑的渴

我耐心地潜伏，焦躁地忍耐

跟死亡决斗，不能草率

蚊群，向我疯狂进攻

蚂蟥，向我无声地偷袭

一声劈天响雷

漆黑的天穹霎时裂开

一道煞白的闪电

丛林撑起的疏漏帐幕下

影影绰绰挺立着一棵棵好汉般的树

草莽涌动着一片镀银的旗戟

丛林和草莽，一刹那

获得一个大捷：虽只一瞬

它们毕竟协力穿刺了

夜的漆黑

对于潜伏者和偷袭者

这撕裂漆黑的一瞬

其实是一次同等的暴露

一次生与死

机会均等的威胁

老天用密集的雨箭、雨弹

向丛林、草莽、灌木丛

向潜伏者和偷袭者

铺天盖地

发起攻击

丛林、草莽和灌木丛

猝不及防

战斗，却打得极为坚决

每一根粗的、细的树枝

一齐举起无数面盾牌

劈劈啪啪挡落雨的飞箭

每一片草叶都挺起尖尖的长矛

铮铮挑碎雨的流弹

一场昏天黑地的厮杀混战

雨季用战争开道，它来了！

雨落在树叶上的声音

雨落在草丛里和灌木中的声音

雨落在山岩上的声音

雨落在泥土里的声音

雨落在我背上、钢盔上的声音

雨落在我枪上的声音

雨落在山顶和深谷的声音

雨落在水洼里的声音

山泉纷纷出发，开始急行军

瀑布仓促发起强大总攻

嘈杂

模糊

雄浑

嘈杂才显得模糊

模糊才显得嘈杂

嘈杂模糊才显得雄浑

雄浑才显得嘈杂而模糊

——这就是雨季丛林之夜吗

渴望过雨的丛林

被雨浇绿了另一个渴望

何时才能穿越这漫长雨季？

草丛开始纷乱地耷拉下来

一根根倒悬的草叶

挂下一条条水线

殷勤地灌溉我发僵的脖颈

警觉的耳朵、睫毛、脚跟
淙淙地灌溉我
死一样伏地不动的全身

雨啊！
你是想浇活我伪装服上的
斑斑青苔吗？
你是想沐浴我浑身的汗毛
长成一片茂密的草丛吗？
你是想灌溉我抠在泥里的手指
长成连株成林的榕树吗？

身下汪起积水
伤口生痛地渍在水里
我树干般倒地的身躯
莫非真的从伤口处
在向下长出根须？那么
思想真的在向上长出绿芽吗？

雨，覆盖了丛林
水，覆盖了地面
雨季，覆盖了丛林和丛林里
所有的生命
在漆黑的闷热中
它们共同渴望过这雨
此刻，却共同在仇恨这雨
被这雨浇绿着另一个
共同的渴望——
何时才能穿越这漫长的雨季

而亚热带的雨季
要从南方四月，要持续到
西伯利亚冰封雪盖的十月

雨歇，我仰卧看天
投去一丝微笑和感激

折腾了一夜
老天有些累了
我们也很狼狈
雨声渐稀
阴沉的天色
开始讥笑我们这支潜伏的小队
但天色毕竟比漆黑时
开朗了许多

轻轻地，我在泥水里
翻了一个身，仰卧着看天
透过湿淋淋的纷乱草叶和树叶
对老天报以一丝微笑
而且带些骄傲——
这一夜，我没有躲在洞里睡觉
是伏在露天，和丛林草莽一起
经受住了瓢泼的雨
我依然能笑
我还得感谢你，老天
若不是你铺天盖地的雨袭
我可能钻在宽容大度的草丛里
睡着了

红色岁月　红色历程　红色史诗　红色经典

极可能从此睡死过去

让敌手拣个便宜

那样，我则整个儿便输了

早晨虽然忧郁

她还是朦胧地姗姗来了

丛林帐幕的破残处

灰黑的低云

在树梢上挂挂拉拉地乱飞

低云行动慌张，表情抑郁

它们心里知道，昨夜

上苍雨袭丛林，那是起因于

另一场在高空进行的

寒流与暖流激烈对抗的

南北战争

寒流与暖流的宿怨

积蓄已久

漫长冬季

粗暴的西伯利亚寒流

一路南下，攻城略地

驱赶暖流扫地出门

遭劫最惨的却是遍地绿色的生命

纷纷枯黄凋零

凶残的寒流又很虚伪

一路上用雪的白布

将它的残暴证据严密遮盖

仓皇败逃的暖流无处落脚

在浩瀚的大洋上空浪迹

纠集水气组成的雇佣军

备足了雨箭、雨弹

造就一副海盗的蛮横

从高空大举北上

杀将回来

昨夜，暖流的先遣部队

追上了向北班师的寒流后卫

在丛林上空交了火

灰黑的低云

暖流的增援部队

此刻队形却乱了起来

"地面怎么也在进行一场战争？"

低云迷惑不解

我望着进退失措的低云

忍不住对它们冷笑：

天上人间

战争皆因冷暖失调

这都不知道？

我还想告诉低云：天上的战争

都因为地上有万物生长，有人

晴雨间隙

丛林里卷过一个个

生与死的涡旋

天亮后

我们蠕动到地势稍高的地方

鳄鱼般，继续蛰伏静守
锻炼耐心

大蟒
穿着绣满漂亮大花的紧身衣裤
从对面一棵大树上盘旋而下
昂头咝咝吐着信子
小眼盯着我们
盯着几只浑身花绿的大蜥蜴
可能在盘算着怎样下口
也可能在担心大蜥蜴们
会抢先对它下手
眼睛盯着眼睛
谁也不退，谁也不进
都有渴望捕获猎物的冲动
都在惴惴考虑自身的生存
一群被战争养肥的硕鼠
披着精湿的乱毛裘衣
贼头贼脑俨若一队侦探
雨刚停
就闯进森林
似乎要查清什么特大案情
领头的那一只极为机警
突然嗅到这里有严重对峙的气氛
提起前腿坐直身子想看个究竟
大蟒"咕"的一扑将它咬住
它吱吱吹响警笛呼救
鼠伙们早已四处逃窜
杳无踪影
哦，晴和雨的间隙

莽莽丛林里

正卷过一个个生与死的涡旋

太阳照耀丛林

丛林蒸腾起一片生命绿雾

雨后的丛林

是一位刚从海底升起的女神

佩着满头绿宝石

披着一身绿绸衣

湿漉漉全身凌乱

头发贴着脸庞，绿绸贴着身子

都在滴水

随她漂上水面的这片绿地

也狼藉地浸在水里

太阳

被尖山从海底突然托起

顶在山尖如一颗金光四射的宝珠

树梢旋过一阵小风

女神迎着太阳掠一下长发

迎风抖落一身水滴

微笑着向绿地一拂

于是——

历尽沧桑德高望重三朝元老般的

树

气宇轩昂一身盔甲铜绿斑斑

将军似的

树

粗腰短身戴着大草帽

土司般独霸一座山头的

树

挺直腰杆的树

卑躬屈膝的树

小生般白嫩俊秀的树

花脸般黧黑丑陋的树

吊在悬崖上表演惊险杂技的

树

弥勒佛般坐在巨石上打禅念经的

树

身上干干净净腰里挂着丝绦

风流倜傥的

树

每年丛林火把节都由它担任火炬手的

树

一向骄傲在绿色丛林里不敢骄傲

举着弯弯钓竿在山坡上假装钓鱼的

竹

一向站在水里顾影自怜

在南方雨季丛林里却放肆爬上山顶的

苇

资格很老业绩平淡倚老卖老的

蕨

用力过猛将一把把巨大太阳伞

撑得向上翻起亭亭如盖的

魔芋

死皮赖脸攀附在大树上优哉游哉的

藤

蹲在大树臂膀上肩上瞭望远方的

草

站在湿地里总是在抬头看天的
草
做了错事低头害羞不敢看人的
草
苗条细腰的草
圆脸短脚的草
花枝招展爱打扮赶时髦的
草
土里土气过惯穷日子安分守己的
草
不声不响躲在背阴处与世无争
事不关己高高挂起的
苔藓
……
在女神水袖的一拂中
都有了灵性
密密匝匝醒来一片绿色的生命
挤挤挨挨占满了这片绿地空间
以各式各样的生命方式
形形色色的思想、情感
和生命哲学
组成一个兴旺发达又充满
争争吵吵的
生命创造社

于是
我听见了一片绿色的
喧闹
如同夜雨般
嘈杂、模糊、雄浑
嘈杂而模糊

模糊而嘈杂

嘈杂模糊而雄浑

雄浑模糊又嘈杂的

喧闹

一切绿色生命都在迎接阳光

争夺空间的

喧闹

每一个绿色生命都想抢到自己的位置

都在喊"我要生存！我要发展！"的

喧闹

倒毙的老树、半朽的树桩也在颤巍巍

重新长出绿芽的

喧闹

厚厚腐叶下在窜起一批批

幼芽嫩尖的

喧闹

每一个绿色生命都在

换装打扮要去赶大集的

喧闹

野芭蕉姑娘们把枯叶当长裙

倒披在腰里头上插一朵鲜艳红花

伸出两条嫩胳膊拂动绸衫

翩翩起舞让你看了动魄的

喧闹

在湿润的地面

我读到了遍地嫩芽向青天发出的

关于生命的宣言

天上又来了一阵雨

雨云遮住太阳

雨声淹没丛林

太阳出来了
气温骤然升高
丛林蒸腾起一片迷蒙绿雾
我只看到满目的叶和细碎的光
在头顶上闪闪烁烁
每一片叶片上都托着一个太阳
每一片叶尖上都挂着一滴泪珠
丛林的太阳很耀眼
丛林的泪珠很晶莹
我钢盔上一定也顶着一个太阳
我的眼角也为丛林挂上了泪珠
我的希望和痛苦也属于丛林呵
雨季丛林
晴雨无常
——这便是雨季丛林的正常吗？
哦，雨季丛林
生命在潜伏中穿越了死亡
当暮色降临的时候
丛林并不慌张
它们在朦胧中浑然成暗绿一色
我与丛林
又开始思考着同一个命题
生命如何穿越死亡？

1988 年 2 月 12 日——2 月 21 日于滇南

火光·血·分娩灵魂的辉煌

红的火光
黑的轰响

感觉。
我飘飞在红的云里
我颠簸在黑的海上

记忆。
一片火光将我抛上天空
一声轰响将我扔进大海
那火光是红的
那轰响是黑的

听觉。
雷电在击碎蔽日的云
巨浪在撞倒拦路的礁
山岩在崩裂
火山在喷发

意识。
意识浮出昏沉水面
我听到人的声音
闻到热汗和血腥
一片杂沓的滑跌的脚步

咻咻地急促地喘着粗气

生命叠印。
同去赴死的一群生命
抢回半个未死的生命
甘愿不惜生命的
是：生命
懂得爱惜生命的
是：生命

担架。
托起生命的一片薄云
生命之海涌起的一朵浪花
我飘浮在托起生命的
这片薄云上
我颠簸在生命之海涌起的
这朵浪花上

有韵的节奏。
杂沓的滑跌的脚步
急促地喘着粗气
"快！"
"怎么搞的！"
"你他妈……"
一群生命的热汗蒸着我的血腥
湿雾的盖尸布已从脚尖撩至我的睫毛

遥遥归途。
用生命踏出的这条山路
贯通生死两端

陡峭

险恶

泥泞

寸步难行

去时，从从容容

归途，关隘重重

血的溪流

汗的瀑布

喘的陡坎

炮的拦阻

滑的雷场

骂娘的暴躁和粗野的善心

每一个嗓子都在喷出血腥

华美乐章。

生命的雷电在闪击

生命的海涛在呼啸

生命的山岩在崩裂

生命的火山在喷发

生命轰响着生命

主旋律。

我触礁在生命之海

半个未死的生命

激起狂涛的轰鸣

咏叹。

我追寻，那一片炽烈的

火光

灌溉我生命的全部

血液

曾被它透体

照亮

我留恋，那一声黑色的

轰响

支撑我生命的每一根

骨头

都经受了它一次

掂量

细节。

我的眼皮被翻开

火光！我又看见了火光

左眼看到一粒火光

右眼看到一粒火光

可惜不是一片，只是一粒

不够炽烈

不够辉煌

但，一粒火光，足以验证

我的瞳孔，这生命的聚焦点

执拗地不肯扩散

残恋着对生的希望

双层感觉。

我双脚飘飞在红的云里

我身躯颠簸在黑的海上

我起伏在托起生命的一片薄云

我沉浮在生命之海的浪涛

追赶效应。

那一声黑的轰响追着我
我要追那一片红的火光

抒情。
火光将我抛起的一闪中
我的剪影一定很美
我死握着生命的枪管
狂射出生命的弹丸
弹丸拖着我生命的曳光

听觉很真。
剪子的响动，金属的碰撞
有人捂着口罩在说话
"快！"
一支玻璃管被敲碎

朦朦的沉落。
我飘……颠……追……
追……那片……
火……光……
……火……光……

分娩灵魂
一次血光照耀的大典

一片日出的旭光
红得这般辉煌
白雾迷漫的地平线，远方
许多染血的手指，时隐时现

呵！一轮太阳
已经升上半空，在我的右前方
太阳变成一只瓶子
灌满一瓶紫红的血浆
那根连着我躯体，在滴血的
是我的脐带吗？那么
母体已将我娩出
我正浸泡在母体的血里
沐浴着辉煌的血光？

分娩
竟是一次血光照耀的大典
红得这般辉煌
我多么想以啼哭欢呼
我降生在这血红的盛典
但我哭不出声响

哦！这是灵魂的分娩
没有啼哭，却有思想
分娩灵魂
这血光照耀的大典
红得这般辉煌
母亲分娩我肉体时，我
就被视作生命
那时我浸泡在母血中
啼血
却看不见血，未曾感知
血光的辉煌，辉煌的血光

战争分娩我的灵魂

我才看见了血，感知了血光

呵，血光照耀的灵魂啊

我之魂，在血光里

读懂了描写分娩大典的精彩片断

母亲和我一同行走在死与生的

断裂线上

一脚悬在死的深壑

一脚踮在生的崖上

母亲呼唤着我，跟她一起挪动那只

悬空的脚

要么一同扑倒在生的石岸

要么母亲向死的壑底坠去时

奋力将我抛向生的崖头

一场血崩

毋问结局，只为分娩

母亲以她圣洁的血

为我，也为她自己

举行一次血光照耀的大典

生的庆典和死的祭典交相辉映成

一片血光照耀的辉煌

"血"

一位女性的声音

她必定是位母亲，现在，

或者将来

那瓶子似的太阳里

又灌满了紫红的血浆

那一滴滴注入我生命的血

属于哪个生命？我无法知道

但我断定：那血，必定来源于

那生命的母亲

我一路上流淌去这么多血

流给了哪个生命？我无法知道

但我断定：我的血，必定注入了

别的生命

因为我的血，每一滴都来源于

分娩我生命的母亲

血，在生命与生命间流动

血光，在灵魂与灵魂间辉映

呵——血！

呵——血光！

呵！母亲之血

呵！照耀灵魂的血光

血的沃土
长起一片绿色树

澄碧的天宇

蔚蓝的海洋

青青的草地

一片绿色朦胧

是树！很粗壮

绿色树！长在血的沃土

我醉倒在大自然极美的

一片绿色里

我向上看去，每棵树

都开着血色的方形花朵

红得像阵地旁刚开的木棉，每棵

只开两朵
血红的方形花朵下，都结了
一串铜质果，每串五颗……
一张张熟悉的和陌生的脸
艰难地朝我笑着，都笑得
那样肃穆

我的心突然一沉
视线从挺拔的树干上滑下
呵—— 一片如林的腿！
我的腿呢？
腿！
腿呢？
腿啊……
我在海里，慌张地挣扎着
找腿
只有满眼幽蓝的
海水
海水很咸，我品味着
这咸的
海水

双腿远行去了
我用思想走路

腿啊，你终于离我出走了
你一定是愤然而去的，否则
不会走得这么突然
你的出走，使我彻夜难眠

空荡凄惶，凄惶空荡

你远行去吧
我知道，你也有许多该做的事情
你远行去吧
你跟随我这么多年
支撑起我躯体装载的命运
磕磕绊绊走了漫漫长路
你辛苦了，你该走了
我知道，你是趁我沉浸在
灵魂娩出的辉煌大典时
在血光掩护下突围而去
你走得悲壮，而且艰难

你走后，我心中涌出的泪光
饱含着对你无限的感激
些许伤感，和无尽的爱
但我决无悲哀，祝福你
出门远行的腿
你走后我才明白
远行，永远是腿的志向啊！

那时，你行而不远，是因为
我的思想操纵着你
我的身躯拖累着你
这都是因为我的自私
我拙笨和虚荣的上身
完全依赖着你
战争分娩了我的灵魂
我终于感悟——

腿的羁绊是思想

思想的羁绊是腿

思念腿的夜里，我想过了

在这

曾将人的双脚缠小

孙行者的思想被套上紧箍咒的

国度里

早该让腿放足远行了

早该让思想学会自己走路了

腿呵，你放心走吧

我将学会用思想走路

你突然卸去思想的重负

独自起步时，是否习惯？

我要让思想长上翅膀

沿着你远行的方向

为你飞翔

让我们结伴远行吧

互相摆脱羁绊的

思想和双腿啊

追上满载丝绸西行的驼队

追上唐三藏西去取经的小队

追上张骞穿越大漠关山的马队

追上郑和扬帆远航的船队

——我们，结伴远行的

思想和双腿

应该比他们走得远些、更远些

敢于远行的民族

才能在很远很远的天边

见到那片瑰丽奇特的曙光

出发吧——

互相摆脱了羁绊，又

结伴远行的

思想

和

双腿呵

1988年3月17日夜于老山前线

凯旋，钻过重重叠叠的山

凯旋

军车驶过成昆路

隧道真多

钻过重重叠叠的山

进洞一黑，出洞一亮

亮了又黑，黑了又亮

亮时，依窗看

黑时，闭目听

出洞

看流云悠悠

看江水匆匆

看高山之苍莽

看草木之枯荣

进洞

听铁轮轰隆

听岩层轰隆

天上雷声在地底会合

心间有人生回音隆隆响过

1988 年 5 月 23 日前线归来作于车上

人类向往宇宙
目光才变得日益远大

第四辑

享受和平

北京依偎着长城

北京依偎着长城
才显得如此古老，辉煌，而且雍容华贵
又不乏妩媚
长城护卫着北京
在崇山峻岭之巅卧得这样舒展，安详

北京是躺在长城臂弯里的主角
若不是老资格的长城将她爱抚
她肯定会逊色得无法弥补
有了苍老长城的怜爱抚摸，臂弯中的主角
于是有了博古通今的灵性

北京和长城相得益彰
谁离开了谁都将无法想象
中国的版图和历史
造就了如此完美的杰作

　　　　1996 年 10 月

向往宇宙

一是天，二是地
和我们人类的生存关系最大
顶天立地的人类
亲近土地，关注天宇
这是两件天经地义的大事

女娲以补天为己任
后来发现"补天"的思路不对
出现了另一种说法叫"异想天开"
说得千真万确啊
总是按照旧思路想问题
天门永远打不开

祖先把天堂描绘得很精彩
他们想象的升天办法很简捷
手心里托起一缕青烟就能飘然升空
孙悟空一个跟头就能翻上天
乘着和煦春风也能上青云

说一千道一万
人类坚信天堂总比人间美
人类如果没有关于天堂的古老神话
未来将变得暗淡无光

祖先仰观星辰
产生了飞天梦想
人类向往宇宙
目光才变得日益远大

　　1999 年 12 月

酒泉有座航天城

酒泉这地方很神奇，很出名
南有祁连山，北有居延海
霍去病击败了匈奴
在这里犒劳他的士兵
哈哈，大胜仗要大庆祝啊
酒如泉涌，用碗，用盔，用手
舀着喝，捧着喝
干脆，士兵们一个个跪下去，一群群扑下去
将脸埋进酒池里豪饮
啊……哈哈……
酒……好酒……酒之泉……酒……酒啊……

无疑
这是人类战争史上最为豪放的一次庆功大宴
世上没有见过如此年轻大勇的将军
世上没有见过这么神奇的涌酒之泉
世上没有哪国的古代士兵喝过这么多酒
如此神奇的地方，肯定要出奇迹
这里的风，这里的沙漠，这里的老胡杨
此情此景，最宜在这里高唱一曲《大风歌》
古人在这里最终打通了河西走廊
将西域收入版图，成就了大事业
今人要从这里打开一条通天路
前去探索宇宙奥秘

长城尽头

戈壁荒漠中出现了一片海市蜃楼

疑是霍去病当年扎下的营帐——不！

古代的军帐不会有那么高的楼宇，那么白的墙

古代打仗用不着那些尖尖升起在空中的神秘物件

古代联络靠烽火台，没有那些纵横交错的天线阵

古代尤其造不出那样一座高大壮观的发射塔

种种迹象表明

这里将要发生惊天动地的大事情

果然

1999 年 11 月 20 日早晨 6 点 30 分

嗖的一声，中国第一艘宇宙飞船从这里上天啦

航天城里，这些汉武帝和霍去病的后人

又一次对天痛饮酒泉酒

酒泉这地方

又一次在全世界出了名

　　　　　1999 年 12 月

西部皮影

从黄土高原的背景里，从浓浓的大西北民俗氛围里
走出一头毛驴、一个女人
或走出一群文臣武将、一位诸侯
隐现在远古和现实之间

也有刀枪剑戟、人唤马嘶
也有生离死别、风情万种
丝丝声息，朦朦胧胧，真真切切
是几个影子，是历史真实

西部皮影里有个影子很古老
影影绰绰像是秦穆公
他是秦始皇的先祖
看戏的老乡们都认得，越看越亲切

西北老乡们，也从皮影里
隐隐约约看见了自己的影子
于是，各自琢磨各自的动作和唱词
苦苦琢磨一辈子

乡风民俗造化人
关中男子的脸形都是长长的
从骨子里透出一个"秦"字在脸上
这是祖祖辈辈听秦腔听的、看皮影看的

1997 年 5 月

秦腔

听秦腔，唱词难懂，感受强烈

那调门欲与天公试比高

唱秦腔唱的就是这心气

感受秦腔真谛

听得懂与听不懂反倒不算啥问题

自从秦皇领衔主演了那场轰轰烈烈的大戏

关中男女老少世世代代都成戏迷

主角永远不再回来

秦腔却被活生生地传了下来

走遍天涯路，会唱秦腔的必定是秦人

听那浓浓乡音

醉煞人

1997 年 6 月

夏牧场风景

阿尔泰山山谷里的夏牧场

是一块块铺展在林间的绿毯

每一块绿毯上都有一顶白色圆帐

墨绿色的冷杉林，梢尖上是一朵朵白云

白云上面是又高又远的蓝天

水汪汪的蓝天使我相信

莫愁湖是在天上

草地里有一条通向圆帐的小径

小径上踩出一路泥泞

泥泞里全是牧人的肥美生计

一些牛和马散落在草地上低头吃草

羊群在远处移动

牧人的心情和畜群一起长膘

牧主从远处骑马归来

主妇提桶走进圆帐

炊烟很快从帐顶升起

这时天上有一只鹰在盘旋

它在寻找古老部落最后一支牧歌

2001 年 9 月

转场中的哈萨克少妇

剽悍的男主人赶着马群提前走了
她驱赶着一群散漫的羊群在后跟进
"咕呀！"一声柔中带刚的轻喝
哈萨克少妇照管着身前身后的畜群
在寒流袭来前匆匆赶路

纤手提缰，马背颠动
她让幼子分腿坐靠在怀里：
"宝贝，你的血统
注定你要在颠簸中成长，
是雄鹰就得迎风练翅。"

她偶尔侧转脸去
从头巾边瞄一眼跟在身后的几匹骆驼
她轻声呵斥着几匹不安分的来回颠奔的小公马
一只牧羊犬在队伍里跑前跑后，忙个不停

骆驼们驮着帐幔、毡毯、楞条和发亮的铜壶
驮着由她捆扎进行囊的夏牧场夜晚的甜梦
驮着由她一点一滴收拾起来的毡房里的琐事和温馨
以及一口烧黑的铁锅
向冬牧场进发

那匹领头骆驼的背上

行囊的最高处捆扎着一只猩红的方盒
在苍茫天地间红得耀眼
恰如一颗统帅大印
她指挥若定

转场的真正含义不在躲避暴风雪
而是以追思祖先的心情进行一次庄严远征
长途跋涉的马群和剽悍的骑手后面
有一位温婉的女性负责断后
她足可号令三军

2001 年 9 月

边城

克兰河夹带着阿尔泰山山巅的冰雪

沿途的畜粪、草屑

被淘金者搅浑的泥沙

浑白的河水在倾斜的河道里奔泻

一些石块卧在急流里不动

阿勒泰，小小山城有了一片水的喧响

街道边的布篷下

各种吃食摊冒着热气

广场上立着一匹枣红马雕塑

一阵冷雨，一抹斜阳

吹过一阵不易察觉的小风

最先感觉到寒冷的竟是骨头

山城背后是终年积雪的山峰

山里盛产黄金和钻石

街市上弥散着马的汗味和羊的腥膻

包头巾的哈萨克妇女挪动着胖身子走路

戴毡帽的哈萨克老头儿眯起眼睛看人

广告牌上的外地女郎不怕寒冷

穿夹克的本地年轻人也知道港台歌星

2001 年 9 月

龟兹，女儿国的故事

一座湮没已久又被挖出陶罐和传说的废墟
博物馆里那只储水的大瓮
小底儿，大腹，圆口
雍容之态恰如一位盛唐贵妇人去赴一次夜宴
缎服丝带，身姿婀娜
另外一些锈蚀的耳坠、金钗
与一群身穿丝绸的古仕女有关

女性之美是丝绸之魂
丝路考古挖出盛唐风韵
也把古代丝绸商的魂魄
从女儿国废墟的瓦砾堆里挖了出来
将他们摇醒，催他们上路
好让这条商路重新繁忙起来

2002 年 2 月

天山雪

天山
论山的名字，你最好
虽然你不是最高

天山
你的名字是一个重要启示
在天的宽阔背景上看山
在山峰的入云处看天
天和山都有了气派

我从北麓走近你
你头上那皑皑白雪
如钻石在阳光下闪亮
山坡上的草地那么平坦，挺拔的雪松
每一棵都长得恰到好处
华贵首饰将你打扮出一身贵妇人气质
还有你腹地的牧场、羊群、溪流

我从南麓向你远眺
你却成了威武男性
长久守望着这片空旷荒原
头发都熬白了，还那么兢兢业业
天可以老，地可以荒，作为一座山
你硬是不肯擅离岗位

你从未想过要到各地去走走吗?

哦，天空骤然暗了下来
风来了，云来了
天山顶上已在飘雪
我中午还在沙漠中熬着酷热
我突然想起了唐诗中的旗戟、箭镞和传檄
帐中那位将军要向朝廷奏报军情
案上那方砚台却已冻住
拉弓的手，竟拉不开笔头的墨

次日清晨，我回望天山
阳光照耀，天气很好
天山一头白雪

1995 年 12 月

朝佛的人流

晨曦将信徒们盘顶的乌发照成黑亮
灵魂浮上水面
涌动成波光闪闪的河流
手持转经筒摇出一串串虔诚的旋涡
纷纷涌向一座座寺庙，涌向心中的神灵
这是拉萨的早晨

日出时分
大昭寺广场已汇集成一片朝佛的海域
源源涌来的信徒一个个伏地长叩
跪下，弓腰起身，又跪下
灵魂如海浪般此起彼伏
拍击人生彼岸

佛海空阔
今生不可能从彼岸传来回声
对信仰之外的问题想得过于明白
不可能叩拜到如此深度

寺门外的一排排转经筒
被无数只右手挨个儿转动
心愿从指尖向佛传递
铜质的转经筒像一条滚滚溪流
发出一阵阵低响

红色岁月

红色历程

红色史诗

红色经典

灵魂在旋转中一次次上路

苦苦跋涉

精神的远方永无止境

灵魂和肉身沐浴了日出的第一缕阳光

朝佛的人群向尘世回流

流成八角街的喧闹和缤纷色彩

手持的转经筒在人流中飞旋

摇出一曲曲人间的悲欢韵律

他们一辈子忙忙碌碌、辛辛苦苦

2005 年 10 月

青稞熟了

青稞熟了
一幅高原风景画
在开镰时刻铺展开来
阳光普照
那位割青稞的藏妇
在田野上弯成镰刀
她身边跟着一头尚未断奶的牛犊
这是青稞成熟的田野
天上有白云飘过

每一粒饱满的青稞
都能将春天的青色储藏到深冬
藏妇在秋天用镰刀收割青稞
到冬天，她用青稞收割寒冷
冬天的帐包里就有了烟熏奶香
有了糌粑，有了酥油茶和青稞酒
有了藏族男子的低声哼唱
于是
另一幅高原风景画
将在来年播种青稞的时节
在高原复活

2005 年 10 月

一位藏族母亲

母性在高原的阳光下晒成深红

慈爱、博大

给每一个孩子喂足奶水，个个强壮

为家族传下高原血统，英俊、剽悍

将一生操劳都系上杆顶，那是迎风飘动的经幡

为顶着暴风雪回家的丈夫祈祷平安

用善良将高原岁月一天天洗净、漂白

将每一天都编织成一条洁白的哈达

艰难和苦涩都收拾成自己的一根根白发

遇到每一位好人都念一声"阿弥陀佛"

然后

她老了

每天伛偻着身子在路上行走

手持转经筒不停地摇动

步履蹒跚

为普天下的人喃喃祝福

她渐渐成为远去的背影

渐渐远去，成为一座高原雪峰

2005 年 10 月

天路

西藏诞生了一则新的神话
说，布达拉宫内的那尊大佛
从脚底下感觉到修铁路的动静越来越近
他自言自语道："真是不可想象啊。"
一位香客听见大佛开口说话
惊奇得扑通一声向他跪拜，向大佛连连磕头：
"盛世修路，菩萨保佑，阿弥陀佛！"
大佛眉开眼笑，连声说："好！好！好！"

我猜想那一定是弥勒佛的豁达笑容
他向来十分乐观
他对人间的每一件好事都很支持
他尤其爱笑

有一首歌已经一夜唱红
这是一条天路
筑路者无疑都是天使
居然能把铁路从人间修到天堂
天堂与人间
从此可以常来常往

2005 年 10 月

辉煌的秋天

我喜欢秋天
很多果实都在秋天成熟
秋天的色彩很斑斓
秋天的阳光很辉煌

秋天到处在收获
到处是一堆一堆的颜色
黄的金黄、红的火红、绿的翠绿
人们忙着珍藏秋天的果实和阳光
秋天的空气很芳香

秋天的落叶
也带着轰轰烈烈的回忆
从枝头回到地面
为土地铺上浓重色彩

秋天的天空很高、很蓝，河水很清
鱼儿在水下停住不动，突然窜走
在远处泼剌剌跳出水面
鸽子从头顶飞过，羊群在夕照里咩叫
秋天的田野和山冈是一幅幅蜡染
秋天是村庄和道路镀金的季节
到秋天金灿灿的阳光下去走一走
连情感都会增加分量

秋天的乡村很迷人
秋天的都市很华丽

秋阳下
古老的宫殿、城墙很耀眼
摆满街头的鲜花很灿烂，大街上
每一张面孔都是成熟的颜色
五彩缤纷的服饰，熠熠升腾的
温和的光焰，秋天的都市
是一幅重彩油画
秋天里有我们的重要节日
秋天里召开最重要的会议
秋天宜于交响乐队上演华美乐章
我们习惯在秋天回顾与展望
总结和开始

春天太嫩，太易感冒
夏天过于火爆，冬天什么都很僵硬
秋天成熟，斑斓，温和而辉煌

1998 年秋

北京举办奥运会

一

北京举办奥运会
面对世界
面对挑剔
挑剔是一根刺
接到手里却是一根针
可缝可补
能把事情办得更好

二

北京举办奥运会
中国体验了一次大国胸怀
开放，透明，包容，合作
向世界兑现承诺
效果非常好

各国媒体把中国的真实面貌传遍世界
消除了许多陈年误会
都说中国改革开放好
各种杂音大为减少

2008 年 9 月 10 日

一群灰鹤飞临草原

一群灰鹤飞临草原
降落在沼泽湿地
用尖嘴在冷水中挑剔食物
吹起的羽毛在风里抖动

灰鹤在冬天用哲学飞翔
它们将细喙和长腿伸直
像一支支带羽毛的箭
从云天穿越时空

灰鹤在春天回到草原，回到湿地
它们依然清高
偶尔提起细腿起舞
拍打翅膀击节而歌

2005 年 3 月

北大荒

北大荒一望无际的田野
像染成各种颜色的布匹
随风起伏，柔和得像水波在荡漾
大豆刚刚收割
竖着豆茬的一条条望不到头的机耕垄沟
把我的诗情引向远方

在北大荒的田野上随便走走
心情开阔得难以置信

北大荒
年年收获无数粮食
足以养活半个中国

北大荒不只是中国最大的粮仓
北大荒还充当过中国最大的天然冷藏库
许多诗人、作家和科学家
在向"左"急转弯的年代被甩出车厢
以及北京和上海涌来的大批知青
都曾被北大荒速冻冷藏

他们将冤屈、思念和无奈
放进掉瓷的茶缸里当茶叶，一口一口地喝
年轻人火一般的激情被速冻成无言的苦读

积雪的夜晚积累着企盼

最难忘挤在土坯房里吃土豆挨冻的日子

忽然一夜春风来

土坯房的大门统统打开

就像大军南下一般

从北大荒涌出一大批新星

和宿将

他们挥别北大荒时滚动在脸颊上的

那颗热泪

是生命里的一盏灯

我在北大荒的一个农场里住了一夜

在北大荒的星空下思考北大荒

多亏国家拥有这样一个广阔的战略大后方

对也罢，错也罢

可以先在这里暂时放一放

一个人一生中遭受点磨难

心情好转之后，觉得它比什么都宝贵

北大荒，并不荒

年年收获满仓满屯的粮食

也收获了许多人起死回生的奇迹

2007 年 10 月

鞍钢，鞍钢

新中国，从病弱母腹中诞生
严重缺钙
毛泽东在梦里都用铅笔敲着稿子说
钢铁！钢铁！

鞍钢是新中国第一粒钙片
鞍山炼出第一炉钢水
中南海顷刻沸腾
新中国的腰就硬起来了
第一步就跨出去了
最早为新中国锻造钢筋铁骨的
是东北

今天我终于来到鞍钢
同我印象中的炼钢厂完全不一样了
没有听到出钢时炉前当当敲响的钟声
没有见到手拿长长钢钎的炉前工
没有见到飞溅的钢花
只见到控制室里一排排电脑显示屏
只见到传送轴上长长的钢坯进入轧机

一股热浪
从另一头卷出薄薄的钢布
几乎可以剪下一块来裁一套西服

穿在身上肯定像变形金刚

不，陪同我参观的杨副董事长说
可以做汽车、飞机和导弹的外壳
必要时，宇宙飞船的材料
也可以提前下订单
到这里来定做

2007 年 10 月 15 日

北京好大雪

新世纪来临，北京纷纷扬扬下大雪
这雪，横飘斜飞，漫无边际，铺天盖地
这雪，下得悄无声息，下得轰轰烈烈
哦，这大雪，纷乱，却有序

人们走上大街，走在纷飞的雪里
嘴里哈出热气，眉毛上凝结着晶亮水珠
脸上凉凉的，心里融融的，雪花映出笑意
用好心情迎接新世纪

飞雪满京城，雪里多行人
大雪天营造出大境界，漫天皆白
行人被纷飞的雪花团团簇拥着，紧紧追随着
脚下嘎吱嘎吱踩着雪，把好心情一路带回家

大雪落进小胡同，曲里拐弯都是雪
大雪落进大杂院，挤挤挨挨都是雪
大雪落进豪华别墅区，一幢幢住宅谁也不挨谁
主妇们牵着小狗出来看雪景，狗白，雪更白
大雪覆盖之下，都是人间喜怒哀乐、青红皂白
天亦有情天未老，绒绒大雪，温馨洒遍人间

车流、人流，在漫天飞舞的雪里穿行
车也匆匆，人也匆匆，雪也匆匆
入夜，十里长街灯光映着雪光

如水，如雾，如幻如梦亦如诗

雪拥老槐，雪压青松，雪缀藤萝
雪落昆明湖，雪落玉渊潭，雪落什刹海
雪落太和殿屋顶上，雪落雍和宫飞檐上
须日出，古城新雪，自有一番新意境

雪是好雪，景是好景，人是京城百姓精神
老人在雪里晨练，展腰伸腿，须发皆白
冒雪溜冰的年轻人，身轻如燕，弓腰疾驰
儿童们忙着堆雪人、打雪仗，都是少年狂

跨进新世纪，需要来一次清理和更新
大雪覆盖了一片片草坪
绿地都成白地
先让小草们在雪里软软地、暖暖地
睡上一觉
一开春，草芽齐刷刷出土
换一片新绿

大雪铺满了北京的每一条马路
滚滚车轮浩浩荡荡从雪上驶过
路上雪浆满地
好似春耕泛浆时节
挂满京城的申奥旗上
挽着一个不达目的不死心的中国结

　　2001 年春节

享受和平

新中国

五十年阳光灿烂，五十年风风雨雨

五十年历史只是一瞬间

五十年人生已够漫长

每个人情感中沉淀着酸甜苦辣

谁都有过几多欢乐、怨恨或遗憾

但有一点不该忘记

我们毕竟享受了五十年和平

和平珍贵，是因战争从未远去

每当北部或南部边境响起枪声

总会有人向我们庄严告别

我们的心被他们的背影牵走

然后大家谈论战争和流血

谈论奔赴战场的亲人或熟人

有的人再没有回来，而我们

正在各自的喜怒哀乐中享受和平

和平珍贵，是因世界仍不太平

二次大战的废墟尚存，战亡者的白骨尚存

集中营的生还者，心灵伤痕已不可能抚平

战争恶魔又在时时向我们逼近

科索沃战争在远方，却有五枚精确制导炸弹

突然钻进中国人心中爆炸

我们这才忽然想起
不知不觉，我们已享受了五十年和平

清晨的阳光洒向草坪，白鸽从头顶飞过
迎考的学生在树丛后面复习功课
晨练的老人动作缓慢舒展
他手中那柄长剑已失去了兵器的属性
雍容的女人脚边一只小狗在欢跑
这是大家过惯了的日子，很平常也很平静
谁也不曾留意，我们脚边的草叶尖上
每一滴露珠都在滋润着和平

五十年和平弥足珍贵
"战乱"是中国史书中一个流离颠沛的词汇
一个人能享受五十年和平意味着一生基本平安
五百年后会有人说这一段是太平盛世

生活中，我们还能遇到一些打过仗的人
我也曾告别妻子女儿投入过一场局部战争
我身后肯定还会有人走进另一场战争
打过仗的人
就像混凝土中的石子和钢筋
注定要他们
充当人群中的坚硬成分
为老人、孕妇和孩子支撑起和平

享受和平的最佳方式
是庄重地领着孩子走进博物馆
去解读历史的另一种含义
曾经叫战争

领他们去瞻仰一座座纪念碑

缅怀英雄

感悟人类的崇高使命

是缔造和平

就像海鸥和雄鹰将幼鸟领进风暴学会飞翔

这是父辈将孩子放飞前

应尽的责任

哦！请不要过早地

将缔造和平的使命交给幼小的孩子们

和平的代价历来昂贵

享受和平

需要支付一个沧桑民族的苦斗和良知

我们这一代人

打算为 21 世纪的孩子们

筹划多少年和平？

　　　　1999 年 7 月

十八个红手印

印证的

是一颗伟人的心

同人民的心

一起跳

第五辑

中国在崛起

邓小平的战略出击

当年，刘邓大军战略出击
杀开一条血路
不顾一切地向中原挺进
就此拉开了战略反攻的序幕

在毛泽东的棋盘上
刘邓挺进中原是关键的一着
出车过河，中路叫将
一举扭转了战局
势如破竹
三年打下一个中国

俱往矣
峥嵘岁月

十年"文革"
一段不堪回首的岁月
有人仰天长啸：中国啊，怎么办哪
毛泽东发话了：邓小平人才难得

邓小平九死一生
一开口就石破天惊
他说，不敢讲真话就不是共产党人
中国照这样下去死路一条

社会主义这样搞法不行

以下都是邓小平的名言
没有一点儿闯的精神
不敢冒一点儿风险
胆子不大一点儿
没有一股气啊，劲啊
那就永远闯不出一条新路、活路

邓小平担当起又一次战略出击
带领我们杀开了一条血路
突破姓"社"姓"资"的道道难关
为人民解决了温饱，经济快速起飞
中国的航船又一次启航
社会主义在中国焕发出蓬勃生机

2000 年 3 月

回归钟声

甚至，连林则徐老人
也在冥冥中听到了香港回归的钟声
他步履蹒跚，从充军地新疆走回虎门
激动得老泪纵横，颤巍巍回转身去
指着道光皇帝的鼻尖质问："你你你……"

道光帝诺诺
林则徐唏嘘哽咽……

    1997 年 3 月 18 日夜

吃饭问题

切记，民以食为天
切记，老百姓就是天老爷
切记，千难万难先让老百姓吃饱饭

饿着天老爷
夏天会飞雪
冬天会打雷

多少年
"左"呀"右"呀来回折腾
吃饭问题
成了天下第一号大难题

万里从安徽回北京
向邓小平汇报
小岗村的十八户农民
关紧门，一户一户按下红手印
把田"分"了

邓小平
曾因白猫黑猫，两次被打倒
一个生死抉择的大问题
第三次摆到他面前

邓小平深深吸了一口烟
慢慢吐出来
他觉得，个人的生死命运
同人民的温饱
分不开

他平静地说，不忙制止
先试
先看
只要效果好，就这么干

小岗村的十八户农民
成了解决吃饭问题的大功臣
成了改革开放之初的大明星

十八个红手印
印证的
是一颗伟人的心
同人民的心
一起跳

2008 年 8 月 25 日

献策

四个戴眼镜的老头儿
四位资深科学家
四名中国共产党党员
四颗为中华民族跳动的心
王大珩、王淦昌、杨嘉墀、陈芳允

他们都从旧时代走来
一百年前的"公车上书"
康有为和梁启超的"变法图强"梦想
六君子的头颅和鲜血
这些悲愤往事都铭记在他们心底

他们都留过洋
两人在英伦，一人在哈佛，一人在柏林
漂泊的经历让他们更加眷恋故土
怀着拯救贫弱祖国的苦心和良知
他们回来了

经历了归国后的风风雨雨
他们变得更加质朴、坚忍，默默耕耘
四人都为"两弹一星"建立过功勋
毛泽东一声"老九不能走"
他们已觉宽慰
无怨无悔

忽闻邓小平发表新论
科学技术是第一生产力
四棵饱经沧桑的老树
忽被一夜春风吹发了新枝
情感和思想一起盛开

四人向中央联名上书
中国不能再次掉队
请把发展高科技放到至上的地位
紧跟新的时代
邓小平阅毕大喜
非凡的"863 计划"得以实施

这是一次执政思想的跨越
让知识分子当家做主
参与规划国家未来
用最新科技为民族振兴打造飞轮
这是人民的福音

　　2000 年 3 月

没有理由不满怀希望

我凝视 2000

饱满，圆润

每一个"0"都已受孕

每一个"0"都将分娩

我们没有理由不对新世纪满怀希望

2000，这是一粒粒圆润的麦粒

麦子的理想古老而金黄

我们为此而播种

青青麦苗翻成金黄的麦浪涌向远方

2000，这是一颗颗饱满的松子

孕育出森林

年年绿叶奋发，青春蓬勃

漫山遍野的森林，林梢扫天

拂走漫天沙尘

长风万里，松涛万里，诗万里

2000，这是一串破解未来命运的密码

宽带网络将世界微缩在掌心

任你翻检

一个又一个新思想破壳而出

用全新观念为这串神奇的数字编程

将病毒封杀

将生活装点得五彩缤纷

我们没有理由不对新世纪满怀希望

　　2000 年春节

南方谈话

极"左"思潮又在叫嚣
对改革开放提出一连串问号
看来，不冲破姓"社"姓"资"这道关
就会陷入争论的泥潭
前进不了

邓小平是战略家
他主动出击，一路南下，一路谈话
他说，经济特区姓"社"不姓"资"
关键要看发展生产力
回到北京，他又视察首钢
他要借用一下首钢的炼钢炉
把认识上的一些铁疙瘩
统统熔化掉

邓小平猛抽一鞭子
是骡子是马，谁都不敢再犹豫
姓"社"姓"资"这道险关
总算闯过了

2008 年 8 月 25 日

中国在崛起

世界一声惊叹："中国在崛起！"
他个子不高，他已经走了
中国和世界
都在提到他的名字

农民们佩服邓小平胆子最大
那个年代，只有他敢说白猫黑猫
结果还是用他的那个办法
把吃饭问题解决了
祖祖辈辈住的草房也换成楼房了
城里人都在忙啊
上班下班堵车堵得不得了
高速路和立交桥越修越多越不够用
人们都在忙着招商引资，公司开业，炒股，"转制"
忙着筹备各种国际会议
忙着发表论文、注册商标、策划广告
忙着出国、回国、应聘、考试
忙着购房、学车、健身、郊游
领孩子去参观载人飞船返回舱
这一切
都和邓小平的名字联系在一起

在巴黎，法国朋友对我说：
"邓小平曾来法国留过学，我们感到骄傲。"

在莫斯科和圣彼得堡

不止一位俄罗斯官员对我说：

"中国有个邓小平，我们没有。"

在非洲，人们一提到他就竖起大拇指

在德国特里尔的宾馆里，我辗转反侧

想起了点燃第一支火炬的马克思

想起了建立第一个苏维埃的列宁

想起了升起第一面五星红旗的毛泽东

也想起了你啊，邓小平

我深深地思索

中国崛起的最大秘密在哪里？

我听见小平以浓重的四川口音说：

"归根结底，要看人民满意不满意。

这是宗旨，并不是什么秘密。"

中国在崛起！

小平，我到处在找你

我要把这个消息告诉你！

2004 年 5 月

以人为本

以人为本
是甘泉
浇灌十三亿颗心

不仅仅是衣食温饱
还有分配、教育、就业、医疗
还有救灾、社保、养老
还有住房、环保……

从"以斗为纲"到"以人为本"
一字之差的距离
也经历了一次"长征"
也有关山重重
也有风声雨声

跨过去
等于抢夺一座泸定桥
过了大渡河
胜利不再遥远

盛世景象
全在人心所向

2008 年 9 月 5 日

真理朴实得像野草

蓦然回首
改革开放三十年
风一程，雨一程
风风雨雨，我们都是过来人

三十年辉煌
得出一个钢铸铁打的结论
只要不搞教条
不要让"左"的一套回潮
中国平平稳稳发展三十年就不得了
这就是真理
它朴实得像原野上的野草

2008 年 8 月 25 日

感触最深是"老九"

三十年巨变
感触最深是"老九"

由臭变香
从此有了尊严

浮萍回到祖国生根
不走了

2008 年 8 月

三代人

九十岁，爷爷辈
人生三部曲
三十年革命，激情澎湃
三十年折腾，提心吊胆
三十年改革开放，健康愉快
白发红衬衫，逛街，遛弯，挺自在

六十岁，中年人
岁月对半开
三十年讲"斗"
三十年想"发"
吃苦在前，成功在后，挺有成就感

三十岁，改革开放新一代
爱拿外国比中国
出国
归国
潮起潮落，魂牵梦绕还是祖国好
天天上网周游列国，追、赶、超

2008 年 8 月

中国在长高

中国的老人多了
中国的健康状况大大改善了

中国的孩子个头都比父母高
中国在长高

2008 年 8 月

新中国像一条江

新中国就像一条江
从高原出发
百折千回
奔向大海

奔腾的江流穿越峡谷
险峰接险峰
悬崖绝壁更连绵
轻舟追狂涛
两崖猿嘈嘈

老百姓过日子，更像婉约派的诗
渴望宁静、温馨
于是盼望河面宽阔、平缓
盼望两岸稔熟的稻香
黎明的鸡叫
傍晚的炊烟
夜晚的狗吠

1978 年是座里程碑
出峡浪平，舟行到佳处
河面渐宽，天高帆满
换了风景，换了心情
当时那份喜悦，恍若在眼前

2008 年 8 月

记忆

一

祖国，我紧紧跟随你
步行了六十年
步行的含义
就是一步一个脚印
大地上留下一条行进足迹
这是新中国最可靠的档案
我的记忆里充满了艰苦、忧虑、愤恨，和
欢乐的片断
这些记忆都是宝藏，令我分外珍惜

二

革命先辈都是伟大的步行者
长征两万五千里
一手拄着拐棍，一手捂住枪伤
一步一滴血
在途中倒毙时一条胳膊高高举起
成为继续前行者的路标
队伍中急促传口令
"跟上！"
"跟上！"

革命闯过了生死关

大踏步前进

直到解放

开国大典那一天

毛泽东在天安门城楼按动电钮

第一面五星红旗冉冉升起

一路倒下的英灵，一瞬间全都站立起来

排列成从井冈山到延安到北京的

永恒的里程碑

三

分得土地的农民

兴奋，感恩

扫盲课本上的字眼

个个激动人心

翻身，解放

毛泽东像太阳，共产党是救星

农民们喊得很真诚

我系上红领巾，步行去上学

每天早晨肃立在操场，高唱国歌

我心中的理想

随着五星红旗高高飘扬

四

农业合作化高潮来临

我在田埂上来回奔忙

白天下地劳动

夜晚跟着老支书

从这一村走到那一村

宣传社会主义光明前景

"耕田不用牛，点灯不用油；

楼上楼下，电灯电话。"

老农们劳累了一天

一个个头垂到膝盖上，瞌睡，流口水

忽然两眼放光

嘿嘿地笑着问："真的？"

那时，小小年纪的人

十分认真地点点头

五

最难忘，粮食不够吃

毫无怨言，意气风发

挑灯夜战："干！"

互助组、初级社、高级社

一个战役接着一个战役打

困难啊

各样东西都不够

口粮布匹猪肉食油豆制品，全都定量，凭票

大办人民公社，上级说：

"放开肚皮吃饱饭，鼓足干劲搞生产。"

于是创高产，队与队，打擂台

我说争创亩产一千斤

对方高喊一万斤

我说你放的是空炮，一句实话闯"大祸"

我成了"白旗"、"促退派"

我在大会上作检讨

对方的高产"奇迹"也破产

我们一起陷入了严重缺粮的困境

见面互相问："怎么办？"

六

十八岁，参军去

参军前，我是生产队长

一路行军，一路思念乡亲

我走时，食堂即将断粮

他们现在怎么样？

来信说，许多人得了浮肿病

包括我的老祖母

三年大困难

是我终生抹不去的苦涩记忆

那时只能在心里想，嘴上不敢说

社会主义好，不应该是这样

七

以后的日子

轰轰烈烈，惊涛骇浪

越看越迷茫

困惑，担心，痛恨，悄悄地骂娘

林彪"四人帮"

都是阴谋家、大奸臣！

八

林彪摔死，文件未到

"小道消息"先到

忘不了那一夜

我和战友王申业，关紧宿舍门

互相通报"特大喜讯"，激动，兴奋

谈了一夜的国家大事

抽了一夜的烟，就是不困

粉碎"四人帮"

我们驻军邢台

市里在体育场召开庆祝大会

足足放了一个钟头鞭炮

广场上的纸屑足有一寸厚

人们笑啊，跳啊，欢呼啊

憋了十来年的恶气

痛痛快快喊出来

喊哑了嗓子，都说这是第二次解放

这是我刻骨铭心的记忆

它让我懂得什么叫人心所向！

九

峰回路转是在 1978 年

归根结底感谢邓小平

真理标准讨论、三中全会

联产承包、经济特区、对外开放

一连串的新名词

真是不可思议啊

田还是那些田，人口比过去多了

吃饭问题却奇迹般地解决了

国门一打开，没有来强盗
看到了差距，摸到了石头
闯过了一条河，市场经济了
国际接轨了，学到本事了
万元户不稀奇了
中国人慢慢富裕起来了

十

五百年后
历史肯定会告诉后人
新中国开国六十年
我们都遇上了这一段难忘的光景

2009 年 7 月 26 日

祖国，祝您繁荣昌盛

祖国，就是祖先打造的江山
祖国，就是老祖宗传下的基业和期待

细读历史
满纸都是祖先的殷切目光
向今天深情眺望

古代辉煌，是一支火炬
衰亡，是一面镜子
屈辱，是一条鞭子

祖国的历史浓缩成一条哲理
创大业
老天爷不会让你太顺利
发奋，清醒
老天爷也绝不会亏待你

2008 年 8 月

老百姓的心里话

老百姓说

不怕阎王，怕小鬼

死卡硬压，肯定冒泡

雁过拔毛，老鸭也会嘎嘎叫

老百姓说

好雨也怕半空遇寒流

冻成一粒粒冰雹

落到穷乡僻壤

嘈嘈杂杂，乱蹦乱跳

2008 年 8 月

盗墓贼

看了几座古墓
都说曾经被盗过
丢了珠宝

细想这些珠宝
皆因死者生前不肯丢掉
最后终于丢了
丢得好惨

来时赤条条，去时紫冠锦袍
灵魂可以出窍，珠宝却要带进棺材
石砌土封深埋
立块墓碑表功，建座牌坊宣德
再排两列石人石马镇守
指望它们看住墓中的珍宝
看得住吗

夜明珠含在口中，生前的虞诈之词
就能变成佛语了吗
玉璧握在手里，生前那些黑毒手段
就此变得洁白了吗
元宝枕在头下，生前欠下的债
死后不会有人来讨了吗
石砌土封深埋之后，可以永远安睡
不会在半夜里被噩梦惊醒了吗

不见得

还有最后一名对手：盗墓贼

他不肯将你忘记

迟早会找上门来

你等着好了

掘人的祖坟缺德吗

那么，你的活法曾使多少人抛尸荒野

他们根本没有坟墓可掘

这又怎么说

只有做贼的才会心虚吗

未必，你巧取豪夺搜括来这些财宝

如若不是心虚

何必要如此深埋藏匿

靠你一脸死尸的表情

就能将活人吓退了吗

笑话，多少人用愤怒的表情看你

你的心肠软过吗

你的心肝连同你的尸肉统统烂尽之后

就能洗刷你的一切了吗？

不行，你犯了生不带来死不带走的天条

为了取回你不该带走的珠宝

就得将你这具尸骨翻乱

1993 年 11 月 17 日

都市投影

凌晨，曙光从东方照耀都市
错落东墙纷纷有了旭日临窗的感觉
西墙睡意蒙眬，眼前黑影憧憧

正午，皓日从南方照耀都市
向阳南门有了踌躇满志的感觉
低矮的北门面对浓重阴影沉默

入暮，落日从西方照耀都市
斑驳西墙有了大器晚成的感觉
早醒的东墙脚下，却渐渐漫起夜色

阳光从三面照耀都市
三幅投影构成三幅草图
不同时辰，有不同的明暗对比效果
木刻家从投影中获得创作灵感
定稿后的画面是一间都市酒吧
各色人物在同一盏灯光下激烈争辩
每一张脸上的条条皱纹都被刻得很深
每一条皱纹里都蓄满灯光的投影

哲人从投影中获得思想
彻底摆脱阴影的途径只有两条
要么走进太阳

要么走进黑暗

面对阳光，就有背负阴影的遗憾

1994 年 8 月

纸币

得到一张的时候
它的价值是一文不名的艰难岁月
多得难以用手指点清的时候
它的价值是夜夜害怕别人前来算计

得到它很难
需要汗水、智慧、艰辛和诚实
得到它又很容易
只要肯丢掉廉耻
或者干脆出卖祖宗、朋友、灵魂和肉体

在阳光下得到它的人
眼中增添光彩
在黑暗中得到它的人
从此不再天亮

它高傲得蔑视一切
从虔诚的佛语到威严的命令
它肮脏得哪里都能潜身
从贪污犯的腰包到扒手的裤袋

它灵验得能使人起死回生
从昏倒路旁的饥民
到需要移植心脏的病人

它无情得能将人在一夜间毁掉
从百万富翁到政界首脑

它的等价物数不胜数
从一棵带着露珠的青菜
到一颗滴着血滴的首级

它得到过无数颂词和咒语
一诺千金、身价百倍、价值连城
纸醉金迷、挥金如土、灰飞烟灭……

1994 年 8 月

中国规律

邓小平早就预见
中国发展起来之后
问题同样不会少

中国的事情历来如此
一旦掉以轻心
麻烦马上就来了

改革开放路漫漫
莫停顿，莫回头
前程无限好

2008 年 8 月

满载的人生

没有时间悲哀

任何时代都会有沉闷的人生

却从未有过沉闷的时代

第六辑

地球是一只泪眼

地球是一只泪眼

地球是漂在水里吗
为什么每一块大陆的周围
全都是汪洋大海？

哦——地球满腹忧烦
她睁圆了望不断天涯的
泪眼
何时能哭干，这么多
苦涩的
海水？

　　　　1989 年 10 月 25 日

飞翔的鹅毛笔

雪茄在明灭中慢慢燃烧
思考，是令他痛苦得着迷的事情
长长地喷出烟雾
又划亮一根火柴
去点那支正在慢慢燃烧的雪茄

鹅毛笔紧追着思路，沙沙飞翔……

那天深夜
他看完了那部巨著的最后一页校样
疲惫中漫起兴奋
又划亮一根火柴，改吸烟斗
写一封短信给恩格斯，告诉他
接济的 15 镑收到，多谢，多谢

鹅毛笔背负起贫困，沙沙飞翔……

许多日子过去了
出版商寄来了稿费单
他随手交给燕妮说："亲爱的，
把欠的账都还了吧。"
燕妮温柔地一笑，笑得不很自然
他竟毫无察觉，他正伏案写作

鹅毛笔满载着他的思想，沙沙飞翔……

有一天傍晚，女婿拉法格陪着他
来到汉普斯泰特荒阜，作晚间散步
这是他多年来十分喜爱的地方
今晚，他却觉得这里过于荒凉
踏着衰草，默默地向前走着，走着

鹅毛笔在孤灯下低垂，望着凌乱书桌……

终于，他在黑暗中望着前方说
那是他一生中最大的一次疏忽
竟不知道《资本论》的稿费
不够偿付他写作时吸掉的雪茄钱
"而燕妮……燕妮却对我作了隐瞒。"

鹅毛笔已呕尽了血，白羽如雪……

这是燕妮去世后的一个夜晚
天空很深邃，晚风很凉
前方那棵枝干独立的大树
落叶沙沙飘向大地

鹅毛笔扇起一场旷世风暴，席卷远方……

1989 年 8 月 25 日夜

三巨头会谈

斯大林的烟斗
罗斯福的轮椅
丘吉尔抽剩的半支雪茄
都被走出那场风暴的幸存者
收藏进记忆

雅尔塔的那座白色行宫还在
那张会议桌还在
那幅三巨头照片还在

罗斯福挪动了一下轮椅
会谈由他主持
丘吉尔夹着雪茄的手指在微微抖动
正满腹搜索一个恰当的词汇
斯大林衔着烟斗，神秘，严峻

"红军何时发起强大总攻？"
"盟军何时能推进到易北河？"
"到哪里会合？"
"柏林。"
"世界怎么安排？"
"拿地图来，用铅笔画一下吧。"

走向宴会厅的过道上，三人又在交谈

"将来我们都不在了，世界将会怎样？"

"历史只供你我各写一笔。"

"也给后辈们留个题目吧。"

斯大林："请举杯。"

罗斯福只同他轻轻地碰了一下杯

他说他不胜酒力，不肯先喝

丘吉尔问："这是杯苦酒，还是杯甜酒？"

斯大林难得一笑："这酒，有点儿后劲……"

　　　　1992 年 1 月

莫斯科红场的黄昏

一抹夕阳，照着克里姆林宫的红色尖顶
投下一道锐利的阴影
很像当年德军大举入侵时
标在作战地图上的那道黑色箭头
面对夕阳踯躅红场，不知不觉
走进了黑色箭头的
浓重阴影

缓缓转身，背对夕阳漫步，同样不行
身影在前方拉得很长、很长
重又跋涉在那年冬季的一路冰雪泥泞
炮车陷进泥沼，坦克向前隆隆驶去
冰冷的泥浆飞溅在身上、枪上、脸上
哦，前方已不见那位上尉的背影
总攻的炮声已经遥远，破碎成街头的
嘈杂回声

夕阳下，身前身后俱往事
难觅清静去处
不能走了，走不动了
在草坪边
空荡的长椅上坐下，手扶拐杖
那姿势，仍像当年坐在战壕里
等待出击，双手握枪

深沉的《伏尔加河船夫曲》已渐渐远去
没有心思再唱那首动人的《喀秋莎》
想起很多歌，很多人
想起很多惨烈的，和很多欢乐的场景
眼中溢满泪光

一坐下来就陷入如烟回忆
阿芙乐尔号巡洋舰在记忆中悄悄停泊
走动每一步都踏进壮怀激烈的往事
苏维埃，党，战争，那面火一样的旗帜
怎奈已无力振臂一呼啊

莫斯科红场的黄昏
一群老布尔什维克
默默地坐在草坪边空荡的长椅上
晒着西沉的太阳
心中围困着整整一个时代
无法突围……

　　　　2002 年 1 月

昂纳克走向法庭

读到昂纳克受审的消息
苦思一道命题
柏林墙垒起又推倒
什么是最终的谜底?

哦，昂纳克
你一定在路上丢失了什么东西
追随者已经四散
你只得独自收拾麻烦

你垂垂老矣，身患绝症，时日无多
引渡，传讯，颤巍巍走上法庭
你耳边是否重又响起那首歌
要去作一次最后的斗争

你曾高唱着那首激昂的悲歌
去摧毁旧世界，去缔造命运
你走了整整一生啊，终点
为何依然走进了
德意志法庭?

在法庭门口，昂纳克老人转脸一瞥
精神疲惫，目光忧郁，回首世界
席卷世纪的风暴

已凝聚成满脸皱纹

我的同情心未曾泯灭啊
请原谅，昂纳克
我不能赐予你同情
同情崩溃，这不是我的使命

2002 年 1 月

注：埃里希·昂纳克（1912—1994），德国政治家，最后一位正式的民主德国领导人。

巴黎公社墙

一道墙，又一道墙

布满人间，横亘在我心里

我想忘记哪一道

都不太容易

柏林墙倒了

巴黎公社墙还有人记得吗？

巴黎圣母院的祷告钟声

响了一个世纪又一个世纪

苦难，却比钟声更悠长

工人们读遍巴尔扎克卷帙浩繁的《人间喜剧》

却读出了自己命运的悲哀

啊，雨果，你在《巴黎圣母院》中呼唤的

人性、爱、善良、仁慈

在哪里？

你最终写出《悲惨世界》

是你的仰天一呼吗？

起义！用战斗代替祷告

耶稣和圣母玛利亚，都不是救世主

不义已将仇恨点燃

去摧毁这不公的世界

用血，用火，用愤恨，用赴死的激情

从一条街巷战斗到另一条街巷

从一座街垒战斗到另一座街垒
将公平的旗帜高举过头顶吧
这不公的世界啊……

起义失败了
只留下了这一截巴黎公社墙
起义者的血
染红了塞纳河，已随悠悠岁月流逝

残存巴黎公社墙的地方，是一片墓地
墙内，埋葬着拉雪兹神父的朽骨
他的灵魂已不知去向
血溅墓地的最后一批起义战士
以掘墓人的名义，为这道墙
赋予了另一种意义

今夜，起义者的歌声为何低沉、凄怆？
莫非起义者和神父的亡灵
相会在同一片墓地，正在争论
地狱，究竟能否通向天堂？
世界哟，每一道墙的崛起或倒塌
同人类的生存、命运、愿望和意志
究竟是什么关系？

垒起一道墙，必然挖出一道沟
推倒一道墙，却未必能填平这道沟
断墙残沟，道道伤痕
永远抹不平的世界哟

2002 年 1 月

告别

题记：苏联解体后，戈尔巴乔夫于 1991 年圣诞节发表讲话向政坛"告别"。

当发亮的希望锈蚀为失望

人们需要选择一个日子

重新燃旺心火

将另一个希望，往失望上焊接

敲打，翻腾，锯割，火烧

疙疙瘩瘩结成疤痕，成为节日

今年俄罗斯人欢度圣诞节的心情

复杂得说不清是啥滋味

圣诞的日子

来源于一则久远的传说

而传说

往往比确切的记载更具诱人的魅力

圣诞前，人类翘首上苍已久

心情被烤灼如炎炎沙漠

渴望幻化成一抹雨云

圣诞节，诞生了一个永存的许诺

普洒甘露的确切日子是"明天"

"明天"是一种永恒的存在

这就是它的魅力

许诺依在

天空中那一抹雨云依在

有人在圣诞节狂欢

有人在圣诞节向世界怏怏作别

最后瞥一眼阴沉天空

蓦地发现季节已是隆冬

戈尔巴乔夫转身踱进房去

心间出现一瞬空白

他的背影

在狂乱旋起的风雪中

消失

　　　1992 年 1 月 23 日夜

巴黎街头遇罢工

走出罗浮宫，劈面遇上大罢工
游行队伍洪流般涌过大街

罗浮宫里陈列的历史很古老
罢工反映的问题很现实

罗浮宫里的艺术品精美绝伦
游行队伍表达的不满十分强烈

昨夜塞纳河游船里夜宴的欢舞
今日街头的愤怒
巴黎给我的印象如此矛盾

2003 年 9 月

巴尔干的枪声

萨拉热窝，1992 年夏季黄昏
没有鸽哨，没有悠扬琴声
子弹嗖嗖飞过老人和孩子头顶
死亡，眼泪，血，仇恨，一群群难民
涌出国境

呼啸的炮弹，惊飞了归巢的鸽子
射向绿树掩映的红房顶别墅
爆炸，倒塌，墙上一把音色辉煌的
古老提琴，琴腹发出一声炸裂的
呻吟

一支光柱，从炸塌的房顶跌进黑洞
如一条炸断的僵直的手臂
在断魂的一刹那
仍想抓住已被炸断
半埋在瓦砾堆里的
血红色的琴颈

昏暗浑浊的光柱下
几根炸断的琴弦
在腾起的尘土硝烟里
悠悠颤动
哦！巴尔干的神经

在震颤……

断墙上，斜吊着最后一只镜框
照片上的老游击队员满脸皱纹
在镜框里重温这幅熟悉的场景
他已无力投身巷战
只有一脸深深思考的痛苦表情

拉琴的手
为何又一次被操炮的手
炸断？

铁托铜像站立在断垣残壁的广场上
默不作声
哦！和平哟，和平
和平是挂在墙上的
那把音色辉煌的
古老提琴

1992 年 9 月 26 日

底格里斯河在呜咽

今夜
巴格达夜空深远的黑暗
被冲天战火照彻
世界目睹巴格达满城抢劫
伊拉克国家博物馆内的巴比伦稀世文物
被炸成一地碎片
我的思绪被远方滚滚硝烟搅成黑色

那位看守博物馆的伊拉克汉子在恸哭
那位身穿黑衣裙的伊拉克妇女
弯腰拾起一只破碎的陶罐
她痛苦地高举手臂连连击打自己的头顶
向天悲呼：战争啊……

文明啊
你为何永远扼不住战争的喉管
面对战争
文明为何永远不堪一击
脆弱如瓷、如瓦、如一只陶罐

那么
文明在自身进程中是否犯有严重过失
或者文明是否已出现了新的缺失
那么

人类创造的最新文明

会不会将人类带向另一个死角

今夜

古老的底格里斯河依然从巴格达城下流过

她如一位悲痛的老妪

一路扶墙痛哭，彻夜呜咽

揪心的战争与文明啊

2003 年 4 月

未来战争

我们人类
即将跨进阳光普照的新的世纪
从此，能否彻底走出
曾笼罩 20 世纪的战争阴云？

两位未来学家，托夫勒和海蒂
正当全球的学生、官员、教授和商人
热烈谈论他俩的名著《第三次浪潮》
这对夫妇却突然变换题目
推出另一部新著《第三次浪潮战争》
将人们惊愕的目光，从未来文明
引向了未来战争

他俩告诫世界，很不幸，新的世纪
人类创造的最新文明成果
都可能被人用来发动全新形式的
"文明战争"

我佩服托夫勒和海蒂直言不讳
这对思想活跃的夫妇
决不是在胡编吓人，因为我想起了
从国际政治经济的交叉神经中
解剖出战争根源的伊里奇·列宁

新的世纪

再用旧形式发动世界大战

观念和手法都已过时

新的"文明国家"正在用全新的科技知识

加紧构筑全新的"小战争"理论——

信息战争　计算机战争　人才战争

生态战争　气象战争　文化战争

媒体战争　心灵战争　精确打击战争

"杀人不见血"的战争

等等，等等……

以下这一切

正在世界各个角落的绝密研究室里

加紧进行——

用激光将对方的卫星致盲，用电磁波

将对方发射井中的核弹引爆

用计算机病毒使对方高速运转的网络瘫痪

用仿真术制造出"虚拟现实"

去煽动别国国民骚乱，用六种"精神扳手"

去扭曲人的精神，用信息制造恐怖

必要时用气体使对方人员昏昏欲睡，束手就擒

用特殊喷涂材料，将对方的列车、坦克、火炮

以及军车的轮子粘住，无法运转

用"纳米"技术制造出"蚂蚁机器人"

潜入对方的网络去搞破坏，甚至像潜艇般

潜入对方人员的血管里去谋杀

让计算机病毒大量复制、自行繁殖

这种新式武器，能胜过大炮轰鸣、坦克隆隆的

几十万大军，用遗传工程制造一场特大瘟疫

夺去一座城市几十万人的生命

用强磁波去激发别国的地震

用强激光将别国上空的臭氧层打出巨大空洞

制造恶劣气候，再释放遗传变异的昆虫

使敌国的农作物颗粒无收

"不战而屈人之兵"

噢，托夫勒和海蒂说

这一切都属于"未来战争"

这一切都被这对夫妇描绘得十分详尽

新的战争，都可能在"保卫人权"的旗帜下

"文明"地进行

忙于缔造未来文明的人类哟，我们

将如何

制止未来战争？

以及，将如何

缔造未来和平？

我们将如何

抹去新世纪灿烂阳光下

罪恶的

战争阴影？

　　　　1998 年 8 月

冬季，我思念天下士兵

凉意袭来，冬季
每人心里都会深藏一个思念
我思念天下士兵
这不属于似水柔情

冬季是思绪冻成冰凌的季节
冬季是思绪狂卷起风暴的季节
只有冬季，才能将情感
表达得如此对比强烈
冰河铁马
沙漠风暴
古往今来的战争哟
士兵们在冬天
离别家园卷进风暴扑进战争，在冬天
走出战壕踏着冰凌返回和平
当斑驳阳光从云隙洒到他们脸上
阴湿的战壕，却在他们内心
继续延伸，甚至
比战场上掘得更深
我深深地思念他们

挨过了无数个死亡之夜
终于，在某一天
黎明时分，绿色信号弹腾空升起

士兵们跳出战壕，钻出坦克
走出丛林，从山地走向平原
他们忘情地挥动高擎的双手
大声呼喊着扑向母亲，扑向妻子
扑向儿女，去接受一个个热吻
用泪水为亲人们击退思念
这是士兵们撤离战场时必须完成的
最后一项神圣使命

之后
士兵们会变得孤独，忧郁
他们总是想起身边倒下的那个人
那张熟悉的面孔，那个熟悉的声音
他们在家里或路上遇到的每个人
都很陌生
每场战争结束
死去的士兵，在活着的士兵心里
继续活着；活着的士兵
在死去的士兵亡灵陪伴下
去重找人生

从越南，从马尔维纳斯群岛
从阿富汗山区，从海湾沙漠
从柬埔寨丛林，撤回各自本土去的
兰博，杰克，詹姆斯，约翰
科罗诺夫，亚历山大
黎山和阮进……
那些不同国籍的士兵们
都在同一个冬天里感受寒冷
在寒冷中共同发现

有样东西已经永远丢失在异乡

只有枪声
自己在别国土地上射出的子弹
却在本国，在家里，在梦里
时时听到凄厉回声
枪支虽已放下，身上的伤口
却在阴天隐隐作痛，很是折磨人
战争是搏击，为了杀死对手
和平是奔走，为了自己生存

哦！我们人类
一直在挤轧中踮脚张望
出口处那扇紧闭的太平门
士兵们则伏在战壕里
闭上一只眼睛屏息瞄准，互相射杀
这是两种不同姿势，两种不同气氛
构成对立对称

天下所有士兵
额上的帽徽形状各异
其实都是同一幅太极图
黑色是一种象征
白色是另一种象征
黑白两色勾连成一个圆形
这是智慧深邃的中国古代哲人
彻悟尘世的哲学概括
世界起源于这个原生细胞
成为天下士兵共同佩戴的
古老图腾

太极图，是两个互相勾连的问号
究竟是因为有了战争，人类
才分化出士兵？
还是因为有了士兵，才导致
连绵战争？

啊！我又闻到了呛人的硝烟
我又听到了四起的枪声
在塞尔维亚和克罗地亚的城市和乡村
在第比利斯的街巷
在阿塞拜疆——纳卡州，在车臣
在黎巴嫩南部被占领土
在非洲的沙漠，一些首府
在亚洲的山区，在南美丛林
士兵们
又在被迫地或自愿地拿起枪支
扑进战争
我在冬天里思念着他们

交战双方的理由，一定都很神圣
独立、信仰、土地、权利
母亲和孩子，面包和香肠
为了妻子而战太狭隘
只有亨利三世才发动过"情人战争"
战争唯独不能以"杀戮"做旗号
战争最响亮的口号是"和平"
总而言之，双方的积怨和欲望
塞满了士兵的背囊
至于战争最直接的后果，只有士兵

红色岁月　红色历程　红色史诗　红色经典

感受最深

人类在战争与和平的魔圈中回旋
士兵们，靠使命感和失落感
感知风云，调节心情
扑进战争或返回和平，士兵们
无论踏上哪一端
都会有一瞬间心理失衡

士兵是最容易受人崇敬的人
士兵是最容易被人遗忘的人

凡是打过仗的士兵
我想，待到他们年老垂暮
一定会有一个强烈的念头
要去寻找
昔日互相射杀
又幸免于死的
对手
畅谈一个话题：战争、和平与人生
顺便谈谈这个世界，也谈谈
天上的风云

1992 年 2 月 11 日夜

前 夜（长诗节选）

一、感谢热望
它永恒地支撑着人类

20 世纪这场风暴
从 1900 年第一个黎明
第一名婴儿落地的啼哭中
不息地卷来

风暴卷过了
白天和黑夜，卷过
苦难的大陆，和
浪涛翻滚的海洋
卷过日益拥挤的
城市，失去宁静的乡村
卷走了田园的梦幻
卷来了奔驰和轰鸣
卷来了满天的灰云以及
战争、掠夺和死亡
阵阵如云的赤旗
发烫的枪管，民族的跃动
和呐喊

20 世纪
已刮过九十年风暴

散落了九十页历史

哦，世纪老人
风暴，曾
吹响过他铜铃般的童年
吹醒过他春草般的青春
吹旺过他炉火般的抗争
吹熟过他麦浪般的热望
哦！感谢热望
它永恒地支撑着人类

我
一名军人兼半个诗人
站立在旧世纪的暮色中等待曙色
用枪管和诗心
回首
眺望
谛听新世纪之婴
即将传来的
又一声啼哭

我们，将有幸
继续拖着人类命运的
那条沉重铁索
踩出一路新的脚印

二、小夜曲吹响的时候
世界并不宁静

新世纪来临的前夜

如同面熟的瘪嘴媒婆

搀扶着红绸蒙头的

新娘

向你走来

即将结束尚未结束

即将开始尚未开始

你所希望的和你所不希望的

同时向你逼近

一半是预感

一半是未知

这是使人思绪纷乱的时刻

这是需要加紧准备

从产床、奶瓶，到钢盔和尸袋

风风雨雨嘈嘈杂杂

必须集中精力的时刻

动听的小夜曲已经吹响

——冷战已经结束

对话代替了对抗

和平与发展如两朵红色玫瑰

插进花瓶

请把手放在胸前

感激天灵

忘掉战争

可以享受阳光般

享受和平

这小夜曲吹响的时候

世界并不宁静

纵然坚冰打破

航道远未畅通

破碎的冰排

在倾轧、碰撞

航道下，还有一处处嶙峋的

暗礁

新世纪到来的前夜

风暴，席卷世界的风暴啊

赤道

南北回归线，地球腰腹的

这一圈广阔地带

纷繁的事端和繁密的植物

竞相生长

在印度支那丛林

在尼加拉瓜和格林纳达的热带雨林

在非洲的漠野

雨点般的枪声时稀时密

三百年奴役非洲人热血未冷啊

风暴卷过中美洲

卷过那个被一条运河划开胸膛的

小国巴拿马

风暴卷过欧罗巴，一夜间

刮倒了柏林墙

欧洲大陆人头攒动

流亡在外的皇子皇孙

顿时忙碌起来

波罗的海波涛翻滚

人类的眼神

惊愕未定

在波斯湾，在古老的两河流域

在内夫得沙漠，旋起一波又一波

战争风暴

噢！我的兄弟，我的朋友

我亲爱的人

我的诗歌无法写得如你所期望的

白纱婚礼服般轻薄，因为

人类

跨进新世纪的门槛

远不如新嫁娘

跨进如意夫君家一般

虽然嘴唇抿紧

内心充满着喜悦

三、被人击倒是耻辱
自己跌倒不是路的罪过

回望 1900，中国

20 世纪早晨的路上尘土飞扬

光绪帝和西太后

正率领宦官和嫔妃

在撑开的杏黄伞下

仓皇出逃

痛心疾首的日子啊

八国联军用新的远征

向中国下了一道强硬战表

再一次用枪炮对准中国的

紫红色宫墙

1900 对于中国

意味着继续败逃

一位老女人，开肉铺似的

将国土一块块鲜血淋淋地剁下来

扔给冲进宅院来哄抢的强盗

我的老曾祖伏地痛哭啊

他拖在脑后的那根辫子

在风暴中飘忽

似一粒火星便能燃成烈焰的

一丛枯草

思想在苦难中发芽

头颅在被杀中昂起

西太后砍下了六君子的六颗头颅

六君子的血

撒泼了一地变革图强的思想

西太后忙于斩草

却再也除不尽草根

幽禁光绪帝于瀛台

却禁不住海外来风一阵紧似一阵

吹皱宫池里的一潭死水

孙逸仙这位东方巨子

从海外回到血肉模糊的祖国

他的伟大，不是向皇帝上奏献策

而是奔走疾呼

要把没落王朝

彻底打倒

哦，中国的 1911

我的老曾祖，从地上支撑着
艰难地爬起
脱下穿得太久的褴褛的长袍
剪掉稀脏的辫子；但
短装尚未裁好，风暴
却又卷来
大战的灾难
硝烟的浓烈，将世界
呛倒

当风暴
席卷广袤的俄罗斯土地
那儿便旋起 1917 红色革命
穷人奔跑着涌上大街
呼喊着列宁，苏维埃，面包

不久，中国有十三位人杰
在南湖的一条游船里
为多病的中国切脉、会诊
毛泽东走出船舱
舒展一下腰身说：天快亮了

风暴卷过 1939 残冬
冷风飕飕，黑夜沉沉
那是我来到这个世界的
寒冷时刻
世界和中国
用本世纪第二场血雨腥风
洗礼了我
奶养了我

我在世纪中叶的

大风大雨中，学步上路

我跟着呼喊长城，呼喊黄河

呼喊太阳，我曾

如老曾祖伏地痛哭苦难祖国般

拥抱着苏醒的土地

痛哭啊

哦！我灾难深重的祖国

秀丽壮美的祖国

蓬蓬勃勃的祖国

坎坎坷坷的祖国

我追随着你

即将踏上 2000 起跑线的时刻

我明白了

被人击倒是耻辱

自己跌倒并不是路的罪过啊

四、我记住了古老的主题
去看未来派上演的新戏

这世界，历来如一张餐桌

却永远等不来天仙侍女

端上冷盘热炒

菜单上只有一道传统名菜

——弱肉强食

餐桌上，永远有几位霸头

开胃大吃

被吃者在被吃中品尝

自己被吃的滋味
只有民族魂、人民恨
即使被饕餮恶兽囫囵吞下肚去
却永远消化不了

20世纪之初，这世界
半是帝国
半是内囊渐渐蛀空的王朝
殖民主义这件血腥猎装
抹嘴擦手亮着油光依然时髦
帝国列强分吃烤全羊似的
用尖刀，剔刮着每一块大陆的
每一根肋骨

河流
在痛苦地哭泣
山
高昂着不屈的头颅，将愤怒
凝固成坚硬的岩石
白炽的火在地底涌动

20世纪初，老资格的猎食者
已啃不动骨头被挤到一边
继而蹿出的
更为凶残的猎食者
扑倒一匹羚羊般
叼住非洲
一口一口地撕食
呵，苦难的非洲
不息地呐喊

红色岁月　红色历程　红色史诗　红色经典

每一副雪白的牙齿
都如一道煞白的闪电

20世纪蛮强的
暴发户
派出海军陆战队
在海地首府太子港登陆
然后横渡太平洋，向亚洲而来
从此，给亚洲
带来了一波又一波灾难

每当帝国列强
从各自啃食的残骨上
抬起血红的眼睛对视一次
这世界便要出事

哦！当我满怀希望
走向新的世纪
我记住了这古老的主题
去观看未来派上演的一出出新戏

真理是用历史铸成的
历史铸成的真理，不是愿望
不是公平
不是恩赐
而是：无情
我们仍然面对扩张和强权
为了不被重新击倒
可靠的办法
是使自己的身骨强壮

将武艺练得精湛

五、鸽子的翅膀驮满和平
沉重得无力飞上蓝天

每当我看见
在地上蹒跚的鸽子
遥望天空，却不见祥云

我们信徒般虔诚祈祷的
21 世纪，人类
仍然摆脱不了战争啊！

自从那位西班牙出生，却
成为法兰西现代派绘画先锋的
毕加索
画了一幅羽翼丰满的"和平鸽"
鸽子的翅膀，便沉重地
满载着人类共同祷告的
和平

只因战争的灾难过于惨重
便使和平的希望过于沉重
鸽子竟无力飞上高高的蓝天
落满了欧洲
这块 20 世纪战争策源地上的
许多著名都市的
著名广场
咕咕地
向游客和流浪者

乞讨食物

但，我们曾否

仔细想过：鸽群中

为何灰鸽最多？曾否

仔细想过：鸽子灰黑的羽毛

每一片都曾是

飘满人间的硝烟

和战云？

曾否仔细想过：人类

最先驯养信鸽，是为了

用它飞翔的翅膀和出色的记忆

为作战的部队

传递命令？

哦！善良的人哟

抛撒面包屑和麦粒喂养鸽子

可以喂饱自己善良的愿望

却喂不饱永远昂起炮口要吃人的

战争

长久对峙的冷战

一方突然绷断神经，垮掉

但另一方战争总部阴森的密室里

仍然挂满了别国的地图

图上一个个锐利的箭头

如一把把匕首

被抵住了喉管的民族

脖子稍为一拧，流出的血

够你瞧

美国诗人惠特曼说：
"未来的战争属于你。"
他曾描绘过
一名垂死的将军
暴怒地挥舞他的手，血污的嘴
喘着气说：
"别关心我，去关心战壕！"

我作为一名中国诗人
我想对中国的年轻人
重复惠特曼的话
——未来的战争属于你！
我作为一名中国将军，临死前
将对年轻的中国军人说
——别关心我，去关心
战壕！

六、不灭的灯光永远在召唤
赶路的岁月很艰难

不远处
我们已经看到了
照耀人类漫漫长路的
第 21 盏路灯
21 世纪的灯光在召唤
许许多多的人
我们的先祖、同胞和兄弟姐妹
我们的朋友和亲人
在途中纷纷倒下了
血迹斑斑

白骨累累

所有的亡灵

他们仍在呼喊，你听城市的喧闹

他们仍在行走，你看田野的麦浪

他们的灵感仍在闪烁

你看荧屏上的色彩和数据

全部亡灵的思想

已成为人类生命的基因

正常的和变异的

全部遗传了下来

我们的行囊里既有宝贝

也有累赘

人类

既然靠双脚走出了动物界

永恒的信仰只能是：朝前走

莫回头

洒一路汗水泪水

踩一路鲜血淋淋的脚印

插一路新发现如柳枝

抛一路老问题如乱石

为后人做路标

让他们跟上来、跟上来

我们寻找的光华璀璨的宝藏

永远在前方

我们的先祖

留给人类的全部遗产

仅仅是：一脑壳思想

一双脚

叫我们走走想想、想想走走

最好的办法是：边走边想

或者：边想边走

行色匆匆的人类

永远在互相打听

出路在哪里？

最先开口问路的

往往是：

苦命的穷人

和

目光忧郁的思想家

抢先指路的

有禁欲的宗教鼻祖

他喋喋不休劝你上天堂

有自以为是的古怪哲学家

他告诉你向前拐弯再拐弯

豪气凛然的革命家

他红旗一举向你喊："冲啊……"

其实，路

归根结底要靠我们自己这双脚

一步一步地

走出来

每当你走得的确很累的时候

甚至有些怨恨的时候

赠你一句箴言

地上没有天堂

路旁布满陷阱

出路真的永远在前头

别停脚

莫回头

还得朝前走

峥嵘不平人间路啊

地崩山摧壮士死

大风起哟，尘飞扬

七、我们惊醒在新世纪前夜
苦待大潮自深海涌来

我们曾惊醒过世界

现在轮到世界将我们

惊醒

纪元之初，以及

第一个千年结束时

曾从耶路撒冷

几度传来过"世界末日"的

不祥消息

毁灭的恐怖

一次次惊醒了人类

人类在狂暴的世界中

一直活到现在

这的确是个奇迹

岁月易逝

第二个千年又将过去

又在传播关于毁灭的

不祥消息

有人指望毁灭，指望

毁灭之后
天下只剩一位主子

我忧心难死啊，但我
不指望毁灭
不乞求上帝
我，只想真诚地感谢
人世间无尽的难题和忧烦
它迫使奴隶和豪杰们
前赴后继，一次次
奋起，一次次
奋起

世界哟！我只信
天下唯一无法涂改的
是历史
唯一无法逃避的
是现实
唯一无法精确计算的
是未来啊

本能总是混沌的
理性总是清晰的
信念总是坚定的
意志总是顽强的
激情总是浪漫的
而结局
恰如天上那轮月亮
在人类的热切遥望下
由缺变圆

由圆变缺

缺了又圆

圆了

又缺

哦！岁月之流滚滚奔向远方

每道河湾，都拐出

一个时代，而

终点

却永远不会到来，因而

希望永在

现实之树常青

是由于人类灌溉的辛勤

树上开放一季又一季

艳丽花朵

结出一枚枚甜果

也结出一粒粒苦果

品尝甜果，使人类

一代比一代健壮

细心地剥食苦果

才使人类学会了

苦苦地思索

思索人间无尽的难题和忧烦

这

成为历代思想家

毕生探索的

伟大命题

哦！卡尔·马克思，你

在青年黑格尔派的彻夜激辩中
敏锐地觉察到一个问题
先哲们满怀苦闷、自信和激情
却总是走不出那片
蔓生芜杂思想的沼泽地
真理的彼岸隐约在望了
历史在等待一个人

历史等待的就是你，马克思
为了走出那片沼泽地
你
埋头剥食了人类全部历史
剥食了所有剥食者
于是，你思想的海啸
曾掀翻了
一个世纪

哦！穿过绿茵的草坪
长刺的花丛、长满青苔的老树
和幼嫩的小树
伦敦海格特墓地
那座伟人墓依然耸立
依然有人前往
心情沉重地献上一束束玫瑰
默默地仰视着马克思雕像
仰视着一座思想的山脉

哦！马克思
花岗岩筑成的墓基上
安放着
你的巨大头像，连同

你的全部思想
你每一条深深的皱纹
仍在痛苦地思考
人间的难题和忧虑
为何依然堆积如山

噢！我知道你在等待
等待历史向你最后作证
人类文明的第三个黑夜定将过去
人类文明的第四个黎明定会到来
为此，你将自己的一颗巨大头颅
这么完整地留了下来
继续密切注视着
这多难而多变的世界

呵！我们惊醒在
新世纪前夜，面对退潮的
大海，怀抱着
如鉴的历史
用柔软红绸，细心擦拭
用海边粗粝的沙子
打磨背面的模印
和镜面的锈斑
如坐穿长夜的礁石
苦待希望之潮，自深海
更汹涌地扑来

八、前方不是绝境
那么，如何走出困境

大风哟

我欲伴你上天扫乌云
你为何席卷大地起沙尘？

大海哟
我欲随你向天放喉歌一曲
你为何大悲大恸难平静？

星星哟
我欲上苍穹同你谈谈心
你为何夜夜睁眼苦想到天明？

在这不宁静的地球上
敢于盗火也敢于玩火的人类
接连不断地制造出
一枚枚定时的和不定时的炸弹

哦！地球在宇宙大爆炸中诞生
在地球上不断制造爆炸的人类
命中注定
只得拿炸弹当枕头
一直在企求做一个
短暂而宁静的梦
却常常在半夜里
被一声声爆炸惊醒
人类已将五万多枚核弹
土拨鼠藏冬粮似的
掘了地洞珍藏起来
上帝只夸口将地球毁灭一次
其实它只是说说而已
而人类自己

却用核弹证明
已拥有毁灭地球十次的能力
真正聪明绝顶的，不是上帝是人类

噢，星星
天上有多少颗星星，地上
就有多少双不眠的
眼睛

进入 21 世纪之后
人类
能否更换一个柔软的枕头？
谁在为我们准备？
谁肯为我们准备？

核裁军条约已经签字
据说双方交换了签字笔
但并未交换各自的枕头
夜里，依然能飘然进入
各自的梦境
假如真能出现异床同梦的奇境
倒大霉的肯定是做另一个梦
或者根本做不成梦的人

我终于明白：鸽子不敢飞上蓝天
是因为空中有鹰隼盘旋
有人喂养鸽子
就必定会有另一些人喂养鹰

夺下鞭子用了弓箭

夺下木棍用了枪炮
那么，夺下核弹
该用什么呢？

困惑
这是人类独有的情感
现实永远在更新
历史永远在重复
人类一手为世界创造奇迹
一手为自己制造麻烦
前方不是绝境
风暴中会有迷途的羔羊
我们清醒的唯一标志
是在认真思考：如何走出困境？

星星哟
我夜夜睁眼陪伴你
苦想到天明
在这 21 世纪的前夜
我怀抱人生，思考世界
我面对世界，拍打人生
愿产妇安睡
她们正分娩未来

我真的渴望
人间宁静如晨曦薄雾
我们起早在森林中悠闲散步
听到小鸟鸣啭，而不是刺耳的枪声

哦！世界哟

人类永远面对两难
解脱困扰的办法
是靠人类改变世界
还是靠世界调教人类?

九、新世纪前夜不是良辰
谁有闲情独步月下?

风暴
正在将世界
横扫
失去平衡的每一块大陆
都在剧烈地动荡、倾斜

地球靠引力
苦苦维持这个家园
倒塌声声,却没有哪一块大陆
哪一个岛屿
哗啦一声滑出地球,跌进宇宙
飘然失踪
应当庆幸,我们这些生灵
仍能挤在同一个不够清净
也不够宽敞的
地球上
互相撕扭着
再去滚一身泥巴

21 世纪前夜不是良辰
且问普天之下,谁有这般闲情
能够臂挽情人独步月下

哦！天下大势
分久的地方在合
合久的地方在分
风云际会
好戏连台
热闹非凡的世界哟

世界哟
冷战之后
真的是热恋吗？

今晨，我俯瞰地球
几块支离破碎的大陆
全都漂在海里
风暴吹散了一支支船队
每一艘船都有驶抵新岸的欲望
每一艘船都在狂风恶浪中
苦苦搏击

呵，东方
我生死于斯的这片血土
浩浩黄河万古东流，流进了太平洋
祈求太平的执着情思曾一次次流失
沉积下这片风情浓郁的
黄色土地
我们厮守着这片土地
继续诉说我们永不熄灭的
渴望

面对大洋彼岸的蛮横

亚洲在喊："不！坚决不！"

我不安的灵魂，却又梦见了

刀光剑影

切瓜的旧刀虽然一再折断

只要地球仍然浑圆如瓜

必定有人打造新刀，并琢磨出

新的吃法

人子哟

我多么同情追求

温饱、自由、独立

富有、安宁、甜蜜、创造

世界哟

我多么憎恨罪恶

侵占、掠夺、蹂躏

欺诈、扼杀、称霸、奴役

新的世纪

全球的人丁将加倍兴旺

每一条生命都有权

享有一个希望

这使人类的希望生生不息

每一条生命将同时承受一个烦恼

哦！当 21 世纪 100 亿个烦恼

如雨后的蘑菇长满地球，那么

超载的地球

是否会悠悠下沉？

生存的危机

迫使人们焕发无穷的智慧

风暴中，正旋起一场

新科技革命的狂飙

力图挽救人类自己，也挽救

并妆扮这个世界

将历史删繁就简

地上依稀可辨的，仅有

人类从洪荒时代一路走来的

几个足迹

石器时代

青铜时代

铁器时代

蒸汽机时代

步子越走越快，眼下

正以电波同宇宙对话，耐心等待

那遥远的星座

是否有回音传来

下一步，人类将迈向

光子时代，用激光作动力

乘飞船去太空旅游

不过仍难做到"乐而忘返"

人的家园仍是地球

返回地面时，仍将把争夺的欲念

连同争夺的更高手段，以及

争夺的不幸

和灾难

从高空带回

这一切都将还原成战争手段

噢！人类正在加倍地忙碌起来

或者忙于从高空

将高分辨镜头对准你的每一个毛孔

每一条皱纹

或者忙于从山后和海底

用高技术悄悄掘向你的房间和地窖

用窥探镜监视你羞于告人的隐私

摄下你密藏的每一件珍宝

随时准备抖落一下你的难言之隐

乘你狼狈不堪时伸过手来

哦！全新的时代

万里长城已构不成独门独院

桃花源也已开辟为天下游人的

观光景点

开放，的确是一个新时代的概念

但，夜不闭户即使成为时尚

盗不入室却难为道德

这种时候一旦动起手来

千古正义万般勇气

亦难挡神鬼兵器

一旦将你打闷在地，这新时代

便属于他，而不属于你

他扬长而去时，将扔给你

又一轮百年苦待

夜深人静，我已听到了

一种新的律动

世界正在被一种新的伟力推动

我周身已流动着一种突飞猛进的

预感
我急于将燃烧的渴望
告诉我的祖国

哦！善良的人们哟
我想提醒：世界已开始了
抢占新科技制高点的
战争
最新的作战计划，千真万确
已用"星球大战"命名

我们要理直气壮扔掉
那顶贫穷落后的破帽
我们同样属于人类，我们有权
成为创造新时代的主人
不必怨恨不必忌妒不必自馁
将这一切，连同我们的积弊
和恶习
统统烧毁
用燃烧之火
点燃我们的热情
投入创造，投入这场新的
严酷竞争

十、踏上前程
风雨为我冲洗人生

20 世纪之末，有迟暮气息
弥漫人间
夜间飘落败叶，风声雨声

我生命卷起旋风
踏上风雨前程
去冲洗人生
呵，祖国，世界多了我
多一颗心
为你搏动、沥血

感受黄昏
感受清晨
这些都是生命本身的事情
麻木
不是生命的属性

世界哟
没落的永远是昨天
升起的永远是黎明
20世纪之末，我
将在变幻的风雨中穿行
去饮一杯人生的醇酒
这的确是我的幸运
夜间，我曾将
心，带血剖出
捧于掌上，细看
哦！一团烈焰
将我的生命哔剥烧灼
听它怦怦搏动之声
如焦雷隐隐传来深沉而凝重
它负载的不只是我自己
这条渺小的生命啊

生命必须满载
灵魂之舵
才便于操稳

祖国，我如芥的生命
负载着对你命运的忧虑和希冀
随你卷进风暴，闯进大海
夜色覆盖海面，风雨
催醒我生命的活力
我随你沉浮啊，祖国
呛水之后，于浪谷浮起
渴望再度与风浪交手
才令厄运生畏呢

怅惘不是意志
懈怠不是沉着
承认失败才是信心
胜过，败过
才足以提炼力量和智谋

宏阔战场
一味死守不去突围
未经恶战便陶醉于胜利
极可能是惨败前的幻觉
败退二万五千里
反倒使臃肿队伍走成了精锐

从失败中寻找教训的队伍
道路是遥远的
走了遥远之路找不回教训

取胜的希望仍是渺茫的

从身上每一条伤痕里

去读懂对手

从对手的拳脚中

去读懂自己

然后，举目审视世界

用心谋划新的战役

胜利的欲望

会因时时想起失败的惨痛

愈加强烈起来

每一枚胜利的勋章

敌人都在为我们反复锻打

锻打愈久，愈有分量

但

他决不会让你唾手可得

切莫轻狂，而应

借用敌人的锤

反复锻打自己，使体内

积聚起屡扑屡起的

足够力量

满载的人生

没有时间悲哀

任何时代都会有沉闷的人生

却从未有过沉闷的时代

忙碌人生

没有时间瞌睡

死后

会有足够的睡眠时间
淹死在酒杯中的人
远比溺死大海的人多啊

穷困，顿挫，忧患
激励人生，振兴民族
都需要用全部生命
去熟读每一个
这样的词汇

一首轻盈的小曲
谱不成生命的乐章
一首颂歌
唱不尽一个民族的兴衰
愿甜美儿歌唱深母爱
愿缠绵情歌唱绿树荫唱红花朵
愿激越赞歌唱响每一条河流
唱青每一座山脉
愿悠长牧歌在辽阔草原
不绝回荡
而我，却仍想听一遍
那支悲壮浩歌
它唱醒了我们的民族
我生命的血液
为她沸腾至今啊

噢！旧世纪之末
我跟随我的祖国
在世界变幻的风雨中穿行
去冲洗人生

十一、时代哟
我要跟你走，苦苦去追寻

时代是奔腾不息的河
我要跟你走
日夜去追寻
百折千回我要跟你走
泥沙俱下我要跟你走
鱼龙混杂我要跟你走
你奔向苦涩瀚海一去不复返
我也跟你走啊

河流哟
只因前方瀚海仍苦涩
我才至死跟你走啊
苦涩瀚海在汹涌
我怎能苟且偷生沉入泥
我要至死跟你走
岁月之流无尽期
人生苦短才追寻
河流哟，我要跟你走
至死跟你走
苦苦去追寻

呵！山脉哟
我焦灼如焚欲前去
你为何默然长坐不肯走
我在等你挪步向前走

山脉哟

你坐等天老天不会老

我在等你一起走

你坐等地荒地不会荒

我在等你一起走

你坐等海枯海不会枯

我在等你一起走

山脉哟

你坐成白雪皑皑之老翁

独自成仙无以济苍生啊

我在等你一起走

你坐地成了佛

世间仍有屠刀在啊

我在等你一起走

山脉哟

旷世坐等石也烂啊

你得挪动脚步向前走

山行地动人复死

天高地远路难断

哪怕你拔脚带起九层泥

也得拖泥带水向前走

山脉哟，你得往前走

呵，山脉

我要伸手牵你一同走

你我结伴去追寻……

　　　　1991 年 10 月 4 日

ISBN 978-7-5171-3660-6